탐
독

어수웅 지음

# 탐독

10인의 예술가와
학자가 이야기하는
운명을 바꾼 책

유년 시절, 이런 기억이 있다. 초등학교 입학 후 한 학기를
마저 채우지 못하고 떠났던, 가족의 이사. 학교를 한 해
일찍 들어갔던 7세 소년은 이사 당일 증발했다. 포장 이사가
아직 미래의 용어였던 시절, 짐 나르느라 정신없던 부모는
아들의 잠적 혹은 납치를 눈치채지 못했다. 뒤늦게 파악한
사태의 심각성. 생면부지의 동네에서 초등학교 1학년생은 어디로
사라졌을까? 스마트폰은커녕 삐삐도 없던 1970년대, 당황한
부친과 모친은 미아 신고까지 마치고 반경 3킬로미터 골목길을
헤집었다. 그런데 낙담한 부모의 분노가 두려움으로 바뀌던
그날 밤, 소년은 보무도 당당하게 새집으로 들어왔더라나. 다음은
소년의 천연덕스러운 대답. "이 동네 만화 가게에는 없는 책이
없어, 엄마." 부모의 두려움은 다시 분노로 바뀌었고, 초등학생
소년은 닥치고 맞아야 했다. 권장까지는 아니었겠지만,

자식에 대한 '사랑의 구타'를 당연하게 여기던 시절이었다.

유년 시절 에피소드로 이 책의 서문을 시작한 이유가 있다.
로버트 풀검의 베스트셀러 『내가 정말 알아야 할 모든 것은
유치원에서 배웠다』의 제목을 빌리자면, 나는 "내가 정말
알아야 할 모든 것은 만화책에서 배웠다."라고 말하고 다니던
소년이었다.

만화로 출발했던 활자 탐닉은 청소년기를 거치며 자연스럽게
시와 소설로 확장됐고, 인문, 사회, 자연과학 등 다양한 분야의
분방한 독서로 뻗어 나갔다. 불치(不治)라고까지는 할 수 없어도,
이 자발적 활자 중독이 신문사 문화부 기자가 되고 싶다는
개인적 소망의 씨앗과 원천이 되었음은 물론이다.

신문기자 20년, 그 대부분을 문학과 출판을 담당하는 문화부
기자로 지내 오면서 하고 싶은 존재 증명이 있었다. 무용(無用)이
아닌 유용(有用)으로서의 책과 문학. 먼저 세상을 떠난 한
문학평론가는 "무용해서 유용하다."라는 겸손한 표현을 쓰기도
했지만, 그 역설에 담긴 진정한 의미는 지금 오히려 더 빛난다고
생각한다.

어떤 '흔들리지 않는 중심'을 만들어 주는 의미로서의
독서. 선배들의 숙련이 시시각각 무화(無化)되는 이 놀라운
테크놀로지의 시대, 자신의 유용을 입증하려면 인간은 인공지능

알파고를 상대로 매번 새로운 대국(對局)에서 승리해야 한다.
가능할까? 당연히 도처에 소외와 분열이 있다. 알파고와
대결해서는 인간이 인간으로서의 의미를 찾을 수 없다.
레토릭이나 인문학적 수사가 아니라, 시대의 실용적 차원에서도
독서는 필요하다. 의미를 찾아내지 않으면 행복하기 어렵지만,
성취감을 확인하는 순간은 갈수록 줄어드는 호모사피엔스에게,
책은 존엄을 선물하는, 몇 안 되는 예외적 수단이라고 생각한다.
'흔들리지 않는 중심'은 그런 의미다.

'나를 바꾼 책, 내가 바꾼 삶'이라는 주제의 인터뷰는 그렇게
시작됐다. 단순한 탐서치(貪書痴)의 한계를 벗어나, 활자의 울타리
밖에서 성취감을 확인하고 삶을 바꾼 사람들. 장편소설 『자유』와
『인생 수정』, 단 두 권만으로 '위대한 미국 작가'의 반열에 오른
조너선 프랜즌을 만났을 때, 그는 이런 이야기를 들려줬다.

"나는 화가 나 있었습니다. 새로 개발된 항우울제 따위가
사람들을 위로해 줄 수 있다는 식의 멍청한 생각이 지배하고
있었어요. 스마트폰과 페이스북이 어떻게 인간의 질문에 답을
줄 수 있겠어요? 진짜 사람들을 찾아내는 일, 그게 내가 할
일이었습니다."

책을 통해 '진짜 사람들'을 찾고 만나는 일. 이 책의 목적은

그 지점에 있다. 음모론에 허우적대는 '세상의 바보들'에게
진실의 죽비를 내려치던 움베르토 에코와의 인터뷰, 간호사와
건강보험심사평가원 직원으로 14년을 근무했던 성실한 직장인
정유정에게 웰메이드 소설가의 꿈을 꾸게 했던 책, 항우울제나
뇌 과학이 아니라 문학으로 세상을 구원하겠다는 조녀선
프랜즌의 야망, ROTC였던 예비 장교 김영하가 예술가로 삶의
진로를 바꾼 이유, "자신의 삶은 누가 바꾸는 것일까?"라며
유쾌하게 질문하는 김중혁, '좌경솔 우즉홍' 세계관의 김대우가
문학청년에서 영화 청년으로 사상을 전환하기까지의 과정,
숙련이 없기 때문에 초심(初心)을 잃지 않게 해 주는 자신의
직업에 경의를 표하는 은희경, 조선 최초의 국비 유학생
유길준에게서 미래를 예감했던 사회학자 송호근, 면도칼을
애용하는 빡빡머리 무용가 안은미의 지치지 않는 열정,
내가 바뀌면 세계가 변한다는 확신으로 『월든』의 삶을 실천하는
요리 연구가 문성희의 책과 삶. 이 모든 것이 이 책 안에 있다.

　　한 권의 책으로 인생이 바뀐다는 생각은 지극히 낭만적이다.
그리고 여기서 낭만적이라는 용어는 순진하다는 말과 동의어일
것이다. 하지만 실제로 있다. 책상물림의 온전하지 못한 독서가
아니라, 실제 삶에서 마법이 함께하는 순간이. 책은 나를 바꾸고,
나는 다시 삶을 바꾼다.
　　통계 인용을 좋아하는 편은 아니지만, 자본주의에서

양극화되어 가는 것은 소득뿐만이 아니라는 수치가 있다. 지식의 빈익빈 부익부. 2016년에 공개된 '2015 국민 독서실태 조사'에 따르면, 한국인 10명 가운데 6.5명이 1년 사이에 종이책을 1권 이상 읽었다. 2년 전보다 6퍼센트 감소한 수치다. 그런데 같은 조사에 따르면, '독서자 기준 평균 독서량'은 2013년의 12.9권에서 2015년에는 14권으로 늘었다. 전체 국민 중 책 읽는 사람은 줄고 있지만, 책 읽는 사람들의 독서량은 늘고 있다는 것이다. 이 흥미로운 통계가 당신이 독서에 관심을 갖게 되는 또 하나의 이유가 되기를.

이 책의 탄생에 영감을 주고 자극이 되어 준 열 분의 예술가와 학자께 감사드린다. 그리고 그들의 책과 삶이 지상에서의 의미와 실용을 더불어 찾는 당신에게도 자극이 되고 영감을 주기를 희망한다.

2016년 4월, 광화문에서

어수웅

# 차례

# 무엇이
# 진실이고
# 무엇이
# 거짓인가

철학자, 소설가

**움베르토 에코**

픽션들

호르헤 루이스 보르헤스

에코의 파리 자택에서 그를 만난 것은 7월 4일이었다.
사실 이 인터뷰가 처음부터 시간과 장소를 확정했던 것은
아니다. 하루 전날까지도 미확정인 상태였다. 에코는 자신이
위원장으로 있는 문화 재단 '트란스쿨트라(Transcultra)'와
중국 석학들과의 학술 토론 참석차 파리를 방문하고 있던
참이었다. 루브르 박물관에서 열린 행사 중간에 상황을 봐서
인터뷰를 하기로 잠정 약속한 상태였는데, 발표와 토론이
생각보다 길어졌던 것이다. 약속이 계속 지연되자 '친절한
에코 씨'는 거듭 미안해했고, 급기야 3일 저녁, 다음 날
자신의 집에서 만나자고 제안해 왔다. 『장미의 이름』 이후,
그가 한국 언론과 공식 인터뷰를 한 것은 이번이 처음이다.

생쉴피스(St. Sulpice) 성당의 종소리가 댕댕 경쾌하게 울렸다. 약속한 시각 11시. 두 사람이 타면 껴안아야 할 만큼 비좁은 엘리베이터를 타고 아파트 5층으로 올라갔다. 움베르토 에코는 활짝 웃으며 지구 반대쪽에서 날아온 동양의 손님을 맞았다. 조국 이탈리아 말고 프랑스 파리에도 집이 있는지는 몰랐다고 인사말을 꺼내자, 예의 파안대소가 다시 이어진다. 그러고는 "사연이 하나 있다."라며 말문을 열었다.

"내 나이 스무 살 때 처음 파리에 왔어요. 내 아들은 네 살 때 처음 해외여행을 했지만, 우리 세대는 스무 살에 여행을 해도 매우 이른 것이었지. 그런데 처음 본 파리가 너무나도 멋지더라고. 당시 난 철학도였는데, 파리에서 살 수 있다면 은행원이라도 마다하지 않겠다고 결심할 정도였어요. 결국 원한 지 40년 만에 소원을 이뤘어요. 다행인 것은 은행원을 하지 않고도 꿈을 이뤘다는 거지. 소원을 이루려면 40년은 한결같이 원해야 하는가 보오. (웃음)"


스물넷에 보르헤스에 탐닉하다

'세상의 모든 지식'으로 불리는 이 작가에게 '내 인생의 책'은 무엇이었을까?

그는 바로 시간 여행에 들어갔다. 60년 전, 에코의 나이 스물넷에 탐닉했던 호르헤 루이스 보르헤스의 『픽션들』이었다.

"내 나이 스물넷에 보르헤스를 처음 읽었어요. 『픽션들』은 처음에 이탈리아에서 단 500부만 찍었지. 그 출판사의 대표를 알고 지냈었는데, 내게 한 권을 주더라고. 첫눈에 사랑에 빠졌지. 이후 언제나 내 사랑은 보르헤스였어요."

— 그렇게까지 첫눈에 사랑에 빠진 이유가 무엇이었을까요?

"내 철학의 관심, 내 궁극적 질문이 그 안에 있었기 때문이오. 나는 위조와 날조에 관심이 많아요. 나는 철학자고, 철학자는 당연히 진실에 관심이 있는 법이지. '진실은 무엇인가? 무엇이 진실이고 무엇이 거짓인가?' 거짓이나 위조에 관해서 이야기하려면, 뭐가 진실인지를 알고 시작해야 해. 반쪽만 가지고는 알 수가 없어요. 둘은 연결되어 있지. 진실을 모른다면 거짓말을 할 수가 없는 거지."

보르헤스의 문학은 흔히 메타픽션, 텍스트에 대한 텍스트로 불린다. 소설이 사실에 대한 재현이나 모방이라는 통념에 맞서, 재현과 모방이 이미 끝난 텍스트에 관해 이야기하기 때문이다. 에코가 이야기하는, 무엇이 진실이고 무엇이 거짓인가에 대한 질문은, 결국 소설이라는 텍스트가 가지는 장르의 한계와 그 너머에 관한 관심이기도 하다. 그가 써 온 소설들, 가령 『장미의 이름』부터 최근작 『프라하의 묘지』에 이르기까지, 에코는 늘 '거짓의 힘', '날조의 메커니즘', '음모론의 역사'에 깊은 관심을 보여 왔다.

— 왜 하필 보르헤스였을까요?

"(껄껄 웃으며) 그렇게 묻는다면, 왜 단테는 천국과 지옥에 관심을 쏟았고 반대로 발자크는 프랑스 사회문제를 썼느냐고 물을 수 있지. 제임스 조이스는 왜 다른 곳이 아닌 더블린에 집착했느냐고 할 수 있겠고. 내 소설 여섯 권 중에서 『전날의 섬』과 『로아나 여왕의 신비한 불꽃』은 이 범주에 묶을 수 없을 거요. 내 어린 시절의 기억일 뿐이지. 나는 모르겠어요. 보르헤스는 바로 내가 청년 시절부터 관심을 가졌던 철학적 주제를 문학적으로 구현한 작가였어요. 모르겠소. 그 주제를 좋아했기에 보르헤스와 사랑에 빠진 건지, 아니면 보르헤스와 사랑에 빠져서 거짓과 진실의 주제를 탐닉한 건지."

　── 닭이 먼저냐 달걀이 먼저냐, 뫼비우스의 띠의 딜레마군요. 사람들은 당신을 '세상의 모든 지식'으로 부릅니다. 느낌은?

　"모두 다 위조고 날조야. (웃음) 내가 '세상의 모든 지식'인지는 모르겠고, 만약에 어찌 그리 정보가 많냐고 물어본다면, 나는 빈틈(empty space)을 이용한다고 말하겠어요. 이 우주에는 행동과 행동 사이, 사물과 사물 사이에 많은 빈틈이 있고, 그 틈을 활용해야 해요. 당신이 1층에서 도착했다는 전화를 하고 엘리베이터를 타고 올라오기까지 3분이 걸렸어. 그동안 나는 어떤 생각을 했지. 일종의 사유 연습이오. 우리 인생은 비어 있는 시간으로 가득 차 있어. 우리 모두가 할 수 있어요. 화장실에 가 앉아 있으면 '빈틈'이 많을걸?"

## 루브르 박물관 장서각 2층에서 집어 던진 킨들

물론 에코와의 인터뷰가 '내 인생의 책'에만 국한됐던 것은 아니다. 우선 인터뷰 직전에 있었던 7월 2일의 행사를 먼저 언급해야 할 것 같다. 움베르토 에코는 이날 밤 파리 루브르 박물관의 장서각(藏書閣)에 있었다. 관광객들이 모두 퇴장한 심야, 박물관의 밤은 고요했다. 2층 난간에 서 있던 에코는 이탈리아어판 페이퍼백 『장미의 이름』과 아마존의 전자책 리더 '킨들'을 아래층으로 힘껏 집어 던졌다. 쾅 소리와 함께 킨들은 부서졌지만, 종이책은 조금 구겨졌을 뿐이었다. 다큐멘터리 촬영용 카메라가 이 모든 과정을 근접 촬영하고 있었다. '현대의 르네상스맨'이라는 이 노석학은 종이책의 불멸을 옹호하는 입장에서 다큐멘터리를 촬영하는 중이었다. 이틀 뒤 인터뷰에서는 이 대목부터 물었다.

— 엊그제 루브르에서 집어 던진 킨들과 종이책은 조금 작위적으로 보였습니다.

"주최 측에서 준비한 거야. 물론 겉보기에는 우스꽝스럽지만, 실제로 진실을 담고 있기도 하다오. 킨들 안에 소설이 100권이 들어 있든, 1000권이 들어 있든, 종이책의 소멸을 예언하는 사람들에게 전자책(e-book)이 이렇게 취약할 수도 있다는 걸 말하고 싶었던 거지."

— 시대착오적이라는 오해를 받을 수도 있지 않나요?

"(자신의 아이패드를 꺼내 보이며) 나도 아이패드 애용자라고.

© Aubrey

여행할 때마다 여기에 몇 권의 소설을 내려받아 읽기도
해요. 나도 컴퓨터와 인터넷, 전자책이 주는 효용을 즐겨요.
더는 브리태니커 백과사전을 들고 다니지 않아도 되잖아.
철자 확인하거나 정보를 검색할 때마다 이 녀석들이 얼마나
고마운데."

　　──그러고 보니 선생은 1983년 개인용 컴퓨터가 처음 나왔을
때부터 열렬한 애용자였죠.

　　"사람들은 이제 책이 사라진다고 하지만, 반대로 인터넷이라는
놀라운 발명품이 사라진다는 생각 역시 할 수 있어요. 영구적인
저장 매체라고들 하지만, 그렇지 않을 수도 있지 않소. 컴퓨터
저장 장치는 끊임없이 변했어요. 예전에 사용하던 플로피
디스켓을 이제는 못 쓴다고. CD-ROM을 요새 누가 쓰나요.
USB는 또 언제 어떻게 될지. 이런 불만을 털어놓으니까 어제
만난 중국의 국립도서관장이 그러더군. 못 쓰던 옛날 플로피
디스켓도 자기 도서관으로 가져오면 다 복원해 주겠다고. 물론
그럴 수 있을지도 모르지. 하지만 더 중요한 게 있어요. 중국
정부가 원하지 않으면 복원해 주지 않을 거잖아. 내가 아무리
원하더라도 말이요. 전자책은 개인의 자유가 아니라 정부 통제
아래에서 결정된다오. 정부가 보여 주고 싶은 책과 그렇지 않은
책을 구분해서 통제할 수 있지. 종이책은 내가 숨기고 싶으면
아무도 못 찾게 숨겨 놓았다가 읽고 싶을 때 꺼내 읽어도 되잖아."

## 인터넷은 지적 빈자를 더욱 가난하게 만들었다

— 하지만 정보의 평등이 이루어지고 정보에 접근하기가
쉬워졌다는 반박도 많지 않습니까?

"인터넷은 정보의 바다이고, 덕분에 지적 평등이 이뤄진다고
하는데, 내가 보기에는 그렇지 않아요. 더 큰 문제가 있지. 가령
부자와 빈자가 있다고 칩시다. 돈이 아니야. 가령 책을 많이 읽은
사람은 지적인 부자, 그렇지 못한 사람은 가난한 사람으로 불러
보자고. 이 경우 베를루스코니(이탈리아 전 총리)는 빈자지. 나는
부자고. (웃음) 내가 보기에 TV는 지적 빈자를 돕고, 부자에게는
해를 줬어요. 반대로 인터넷은 부자를 도왔고, 빈자에게 피해를
줬지."

— 보통은 인터넷이 정보의 평등을 가져온다고 믿고 있지
않나요?

"TV는 오지의 국민들에게도 문화적 혜택을 줘요. 세상의
정보도 주고, 지역마다 사투리가 다른 이탈리아를 단결시켜
준 미덕도 있지. 이탈리아 시골 사람들에게 한국이 어디 있는
나라인지를 알게 해 주는 것도 TV야. 반면 지적인 부자들에게는
바보상자지. 음악회를 갈 수도 있고, 도서관을 갈 수도 있는데,
직접적인 문화 경험 대신 TV만 보면서 바보가 되어 가잖소.
반면에 인터넷은 부자들을 도와요. 아까 말했듯이 나만 해도
정보의 검색이나 여러 차원에서 도움을 많이 받았지. 하지만
정보의 진위나 가치를 분별할 자산을 갖지 못한 지적인

빈자들에게는 오히려 해로운 영향을 미쳐요. 이럴 때 인터넷은 위험이야. 자가 출판(self publishing)은 더욱 문제요."

—— 출판 비용을 스스로 대는 자비출판을 말하는 건가요?

"블로그에 글 쓰는 거나 전자책으로 개인이 책을 내는 경우를 모두 포함한다오. 지금은 누구나 출판할 수 있는 세상이잖소. 출판할 가치가 있는지를 출판사가 판단하지 않고, 저자가 결정한다고. 종이책과 달리 여과 장치가 없어요. 검증이 되지 않는다고. 가령 (미국 유력 출판사) 크노프나 한국 유수의 출판사들은 펴낼 책을 신중하게 거르고 또 고를 것 아니겠소. 또 우리가 신문을 읽을 때도 마찬가지야. (프랑스) 《리베라시옹》은 좌파, 《르 피가로》는 우파. 최소한 그 기사가 실리는 매체에 대한 사전 지식과 판단이 있다고. 우리가 문화라고 부르는 것은 선별과 여과의 긴 과정이에요. 지적으로 훈련받은 사람들은 정보를 걸러서 받아들여요. 개인이 직접 펴낸 자가 출편에 대해서는, 가령, 그중 쓰레기들은 판단하고 버릴 수가 있다고. 하지만 훈련받지 못한 사람들은 그게 안 된다는 거지. 무방비로 받아들이기 쉬워요. 그러면 잘못된 교육을 받게 되는 거지. 쓰레기 같은 책을 통해서 말이요."

—— 재능이 있지만 기회를 얻지 못한 작가 지망생들에게는 기회를 확대한다는 긍정적 의미도 있습니다.

"보르헤스, 발자크, 제임스 조이스……. 이런 위대한 작가들도 때로 출판사에서 거부당한 적이 있어요. 재능 있는 작가들에게는 기회를 주는 장점이 분명히 있지. 하지만 독자들에게는 반드시 긍정적인 것만은 아니라오. 특히 쓰레기 정보를 판단할 능력이 부족한 지적 빈자들에게는 이 폐해가 더 크지. 인터넷의 역설이오."

## 늘 비교하고 의심하라

채광 좋은 창 앞에 앉아 에코는 시가 하나를 꺼내 물었다. 불을 붙이지는 않았다. 하루에 세 갑씩 피워 대던 담배를 의사의 명령으로 끊은 뒤, 새로 시작한 습관이라고 했다. 조금이라도 실물감을 느껴 보려는 안타까운 노력이다. '실물감'과 관련된 그의 집착을 보여 주는 에피소드가 있다. 그는 "30대 시절 이후 카메라를 휴대하는 법이 없다."라고 했다. 그러고는 프랑스 남부 지중해변, 코트다쥐르를 여행하던 청년 시절 이야기를 들려줬다. 믿을 수 없을 만큼 매혹적인 풍광, 당시 최첨단의 카메라로 정신없이 눌러 댄 셔터. 하지만 귀국 후 여행의 추억은 최악으로 남았다. 뭐가 잘못됐던지 인화된 사진은 엉망이었고, 정작 자신의 눈으로는 뭘 봤는지 기억이 가물가물했다고 한다.

"그때부터 카메라 없이 모든 것을 내 눈으로 보기로 결정했다오."

그는 요즘의 젊은 세대들이 안타깝다.

"휴대전화나 카메라 없으면, 요즘 아이들은 세상을 볼 수 없나

봅디다. 필터 없이, 카메라 없이는 현실 세계를 볼 수 없는 걸까?"

── 단지 이탈리아 청소년들만의 문제는 아닌 것 같습니다.

"오늘 아침 본 신문에서 충격적인 기사를 읽었어요.
피렌체에서 벌어진 일이었는데, 한 젊은 커플이 술에 완전히
취해서 키스를 하고 있었다지. 광장 한 귀퉁이였다는데, 마침내
섹스까지 이어졌다고 하오. 그런데 사람들이 이 커플을 말리거나
경찰을 부른 게 아니라, 모여서 휴대전화로 사진을 찍었다는
거요. 요즘 아이들은 모든 경험을 인공 눈(artificial eye)으로 하나
봐. 왜 그랬을까? 마치 포르노 출판업자처럼 사진을 찍어 대다니
말이오."

── 당신이라면 어떤 선택을 했을까요?

"내게는 이런 기억이 있소. 열한 살 때 우리 고향에도 전쟁의
여파가 이어져서 시골 한 작은 마을로 피난을 갔소. 거기에도
어김없이 폭격이 따라왔지. 폭발과 함께 큰 트럭이 뒤집혔어요.
농부와 그의 아내가 타고 있는 것으로 보였는데, 아내가 튕겨져
나왔어요. 잊을 수가 없소. 머리가 깨졌지. 사람의 죽음을 본
것도, 뇌수를 본 것도 처음이었소. 어머니께 뛰어가 그 얘기를
했지. 끔찍한 걸 봤다고. 요즘 아이들이라면 아마 동영상으로
찍어서 유튜브에 올렸을 거야. 반대로 나는 그 광경을 지금도
잊을 수가 없어. 죽음이라는 것, 삶이라는 것, 슬픔이라는 것. 그
거대한 경험을 잊을 수가 없어요. 만약 그때 내 손에 휴대전화나
카메라가 있었다면, 내 삶에 이렇게 오랫동안 영향을 미치지는

않았을 거야. 난 내 손주들이 많은 걸 직접 보고 경험하기를
원해요."

— 인터넷은, 포털은, SNS는 우리의 직접 경험을 제한하고
통제합니다. 인터넷이 백과사전이고 학교인 당신의 손자와
손녀들에게, 인터넷 시대에 대처하는 자세를 가르친다면?

"정말 심각한 문제라고 생각하오. 무엇보다 중요한 것은
학교에서 정보를 여과하고 걸러 내는 법을 가르치는 것.
분별력을 가르쳐야 해요. 반드시 학교에서 가르쳐야 하는데,
모두가 그런 건 아니지만, 문제는 선생들도 그 중요성을 잘
모른다는 데 있지."

— 왜 가장 중요하고도 심각한 문제인가요?

"지리 공부는 TV에서도 배우잖아. 다른 나라 언어는
여행하면서도 배울 수 있다고. 인터넷 정보를 이용하는 건 어쩔
수 없겠지만, 반드시 '비교(comparison)'를 해 봐야 해요. 하나의
정보 소스만으로는 절대 믿지 말 것. 같은 사안에 대한, 가령 열
개의 정보를 찾아본 뒤, 꼭, 꼭 비교할 것. 이것이야말로 선생들이
먼저 실천하고 가르쳐야 해요. 인터넷에서 자료와 정보를
수집하고, 비교하고 신뢰도를 따지고. 믿을 만한가 아닌가를 따져
보는 방법을 가르치는 거지."

— 비단 인터넷 교육에만 해당하는 얘기는 아닌 것 같군요.

"항상 회의하라(Always be skeptical). 그걸 배워야 해. 위대한
학습 방법이자 기술이오. 사람에 관한 판단은 여럿의 이야기를

종합해 보고 나서 결정하라는 것도 같은 이야기야. 사실상
교육의 유일한 방법론이오. 회의를 바탕으로 다른 정보를 취하고,
비교해서 판단하라. 교사들은 이렇게 얘기해야 하오. '인터넷도
물론 사용하되, 관련 책도 찾아 읽어 보라. 그리고 따져 보라.'"

## 내 욕망은 독자들을 창조하는 것

생쉴피스 성당의 종소리가 다시 울리기 시작했다. 한 시간이
훌쩍 지나간 것이다. 이 르네상스맨이 잠시 의자에서 일어나
허리를 편다. 지팡이를 짚고 몇 발자국 걸음을 걷는다. 건강에
관한 안부를 건네자, 엉덩이 관절에 문제가 있어 지팡이 없으면
꼼짝 못 한다고 푸념이다. 하지만 여든의 나이에도 그는 정정한
현역 소설가. 질문을 바꿔 봤다.

주제를 좀 비꿔 보죠. 생물학적으로는 팔순이지만,
소설가로는 30대입니다. 첫 소설 『장미의 이름』을 쓴 게
1980년이니까, 소설가로서는 올해 서른둘? (웃음) '문학적
청춘'의 비밀은 뭔가요?

"비밀이 있다고 한들 가르쳐 줄 것 같은가? (웃음)"

— 비밀 열 개 중에 하나만이라도 공개해 보시죠.

"비밀은 없어요. 단, 창작의 기쁨을 느낄 수 있는 마음과
참을성이랄까? 내 소설은 6~8년마다 한 권씩 나왔어요. 1년에
한 권씩 책을 내는 사람은 다른 비밀이 있겠지만, 내 개인적인

비밀은 기다림의 미학이지. 『장미의 이름』 이후 『푸코의 진자』가
나오기까지 8년이 걸렸어요. 쓰는 시간 그 자체가 기쁨이오. 나는
책을 다 쓰고 나면 슬퍼져요. 완성의 기쁨이 아니라, 책을 쓰는
동안 자료를 수집하고 공부하는 게 더 즐겁습니다. 내 소설의
서사는 완전히 새로운 세계를 창조하는 쪽이라기보다, 역사 속의
이야기들을 재해석하는 편이죠. 이쪽이 훨씬 더 재미있어요.
갈릴레오에 관한 책을 읽다가 (세 번째 소설인) 『전날의 섬』의
모티브를 찾았던 건데, 이런 조사와 공부가 좋아. 그런데 책을 다
쓰고 나면 슬퍼. 더는 관련 책을 읽을 필요가 없게 되잖소."

　　— 다음으로 준비했던 질문은 이것이었습니다. "소설 쓰기는
당신에게 어떤 즐거움을 주는가? 그리고 당신의 독자에게는 어떤
즐거움을 주고 싶은가?" 그런데 첫 번째 질문은 할 필요가 없게
됐군요.

　　"그렇소. 하나는 이미 답을 했지. 두 번째 질문은 글쎄…….
기존에 존재하는 독자들을 위해 소설을 쓰는 작가들이 있소.
가령 주부들을 위해, 또 포르노 소설을 좋아하는 독자들을 위해
말이오. 내 욕망은 존재하지 않았던 독자들을 창조해 내는 거요.
나는 '이상적 독자(model reader)'에 관한 에세이에서 이 얘기를
한 적이 있어요. 작가는 은행 창구 직원이 아니야. 셰익스피어
비극의 독자들은 셰익스피어가 원했던 독자들인 거야. 나는
창작자로서 느끼는 내 기쁨을, 내 독자들도 똑같이 느끼기를
원해요. 물론 누군가는 좋아하지 않을 수도 있겠지. 하지만 내가

이 세상 모든 여자와 결혼할 수는 없는 것 아니겠소? (웃음)"


## 안 읽은 책을 갖고 있는 이유

책 애호가이자 수집가로서 움베르토 에코의 소망은
구텐베르크 성서 초판본을 소장하는 것이다. 그는 동년배인
프랑스의 시나리오 작가 장클로드 카리에르와의 대담집 『책의
우주』에서 자신의 장서가 5만 권에 이른다고 말한 적이 있다.
웬만한 작은 도서관 수준의 장서량이다.

— 수치로 따지는 게 민망하지만, 장서가 5만 권이라고
들었습니다.

"밀라노 집에 한 3만. 교외에 있는 집에 한 1만. 그리고 볼로냐
대학교 연구실과 여기(파리). 다 합치면 대략 5만 권 정도 될
거요. 솔직히 다 세어 보지는 못했어. 매일매일 엄청난 새 책이,
헌정본이 집으로 와요. 매월 날짜를 정해 상자에 담아 대학에
있는 학생들이 읽을 수 있도록 보낸다오. 때로는 교도소에도
보내 줘요. 걱정이야. 못된 책으로 교도소 사람들을 오염시킬까
봐. (웃음)"

— 그 서가에 한국 책 선반도 따로 있나요?

"번역된 책은 다 있어요. 출판사에서 보내 주거든. 또
제목은 기억할 수 없지만, 이탈리아어로 번역된 한국문학책도
받았어요. 그런데 내 책이 마흔두 개 언어로 번역됐거든요.

그런데 출판사에서 그 책들을 종당 열 권씩 보내 줘요. 체코, 폴란드, 알바니아……. 지하실도, 와인 저장고도 이미 다 책이 점령했다고. 집에 빈틈이 없어."

— 이 시점에서 무례한 질문 하나. 그 5만 권을 진짜 다 읽었느냐고 사람들이 물으면 보통 뭐라고 대답하나요?

"정말 다 읽었느냐고 무례하게 묻는 사람도 있는데, 어떻게 대답하느냐고 묻다니, 질문이 철학적이군. (웃음) 상대방의 기질과 취향에 따라 준비해 둔 다섯 개의 대답이 있소. 1번은 '그보다 더 많이 읽었소!' 2번은 '읽었으면 이 책들이 왜 여기 있겠어.' 3번은 '읽은 책들은 다 치웠소. 다음 주에 읽을 것들만 여기 있지.' 그리고 보니, 4번과 5번은 생각이 안 나는군. 어리석은 질문이 많이 있었지. 책을 읽지 않는 사람들은, 혹은 읽어도 몇 권만 겨우 읽는 사람들은 왜 나 같은 사람들이 서재를 가지고 책을 보관하는지 모를 거요. 언젠가는 꼭 알고 싶고, 참고하며 필요한 책이라는 사실을."

— 안 읽은 책을 갖고 있는 이유겠군요.

"이런 일이 있어요. 30년 전에 산 책이고 나는 한 번도 읽은 기억이 없는데 내가 그 책을 완벽히 알고 있는 것 같은 느낌이 있어. 여기에는 세 가지 이유가 있지. 이상하고도 신비로운 일인데, 첫 번째는 내 지식이 점점 커지면서, 이 책의 내용도 자연스럽게 알게 되는 경우요. 두 번째는 여기 조금, 저기 조금 읽다 보니 다 알게 되는 경우지. 세 번째는 다른 사람들이 이 책에

관해 쓴 책을 읽고 나서 마치 읽은 것과 마찬가지의 느낌이 들게
되는 경우요."

— 당신은 이제 여든입니다. 젊은 세대에게, 또 사회에
책임감이나 의무감을 느끼나요?

"여전히 나는 글을 써요. 볼로냐 대학교에서는 은퇴했지만,
칼럼을 쓸 뿐만 아니라 특강도 하지. 하지만 내 지혜는 너무
늙었어요. 여든 살 된 지식이지. 지난번에 박사 학위 수여식에서
이런 말을 했어요. '뇌가 가장 좋을 때는 당신들 나이, 24세 때다.
뉴런이 그때가 제일 활발하고 좋을 때다. 지금보다 더 똑똑할
수는 없다.' 나에게 지혜를 원하는지는 모르겠지만, 지혜는
스스로 얻는 거요."


## 삶은 유한하고 리스트는 무한하다

에코는 프랑스 루브르 박물관의 요청으로 큐레이터를 맡아
2009년에 '궁극의 리스트'라는 제목의 전시를 연 적이 있다. 삶은
유한하고 리스트(목록)는 무한하다는 문화적 주장이었다. 가령
'시적인 것'의 의미를 말할 때 한 줄의 정의를 말하는 것보다
호메로스적인 것, 셰익스피어적인 것 등등의 리스트로 이어 가며
설명하는 게 더 합당하다는 얘기였다.

한국에 대한 '에코의 리스트'는 무엇일지 호기심이 일었다.
그는 우선 양해를 구했다. 자신 세대의 유럽인들은 6·25 전쟁을

제외하면 한국에 대한 기억이 많지 않다는 것. 그리고 학문을 시작한 뒤에는 문화 강국과 출판 강국으로서의 한국에 깊은 인상을 받았다고 했다. 자신과 연구를 함께하거나 연락하고 지내는 학자가 무척 많다는 것. 또 한국어로 번역된 자신의 책도 모두 가지고 있다고 했다. 그런데 한 가지, '킴(김씨)'이 너무 많다고 농담을 던졌다. 아마 리스트를 만들면 '킴, 킴, 킴'으로 이어질 것 같다며 웃었다. 초대 제안을 하자, "죽기 전에 한국에 꼭 한 번은 가 보고 싶기는 해요. 그런데 너무 늦지 않았나 싶네."라고 말했다. '움베르토 에코 마니아 컬렉션'이라는 시리즈가 출간될 만큼 열광적인 한국 독자들에게 메시지를 부탁하자, 그는 우선 감사를 표한 뒤 "내 책 너무 많이 읽지 마. 세상에는 다른 훌륭한 책이 너무 많아요"라며 웃었다. 그러고는 "나는 원래 '메시지'가 싫어서 휴대전화도 꺼 놓고 다니는 사람"이라는 유머를 잊지 않았다.

주변적인 에피소드지만, 그는 유머와 익살이 체화된 이탈리아 할아버지였다. 초창기 그의 인상을 결정지었던 털보 턱수염을 왜 밀어 버렸느냐는 질문에는 "밤마다 침대에 누우면 턱수염이 콧구멍으로 기어들어 와 잠을 잘 수가 없다."라는 농담으로 받았다. 또 첫 만남의 예의를 지키기 위해 "미스터 에코(Mr. Eco), 에코 박사님(Dr. Eco) 중에서 어떤 호칭이 편하냐?"라는 질문에는, 입술을 작게 오므리고 "휙" 소리를 내더니 "휘파람으로 불러 달라."라고 했다. 유쾌하고 친근한 동네 할아버지를 만난 편안함.

생쉴피스 성당의 종소리가 또 한 번 울리기 시작했다. 오후 1시의
날카로운 햇살이 창틈으로 비집고 들어왔다.

# 추장 브롬든,
# 우리 안의 맥머피를
# 구원하다

소설가

정유정

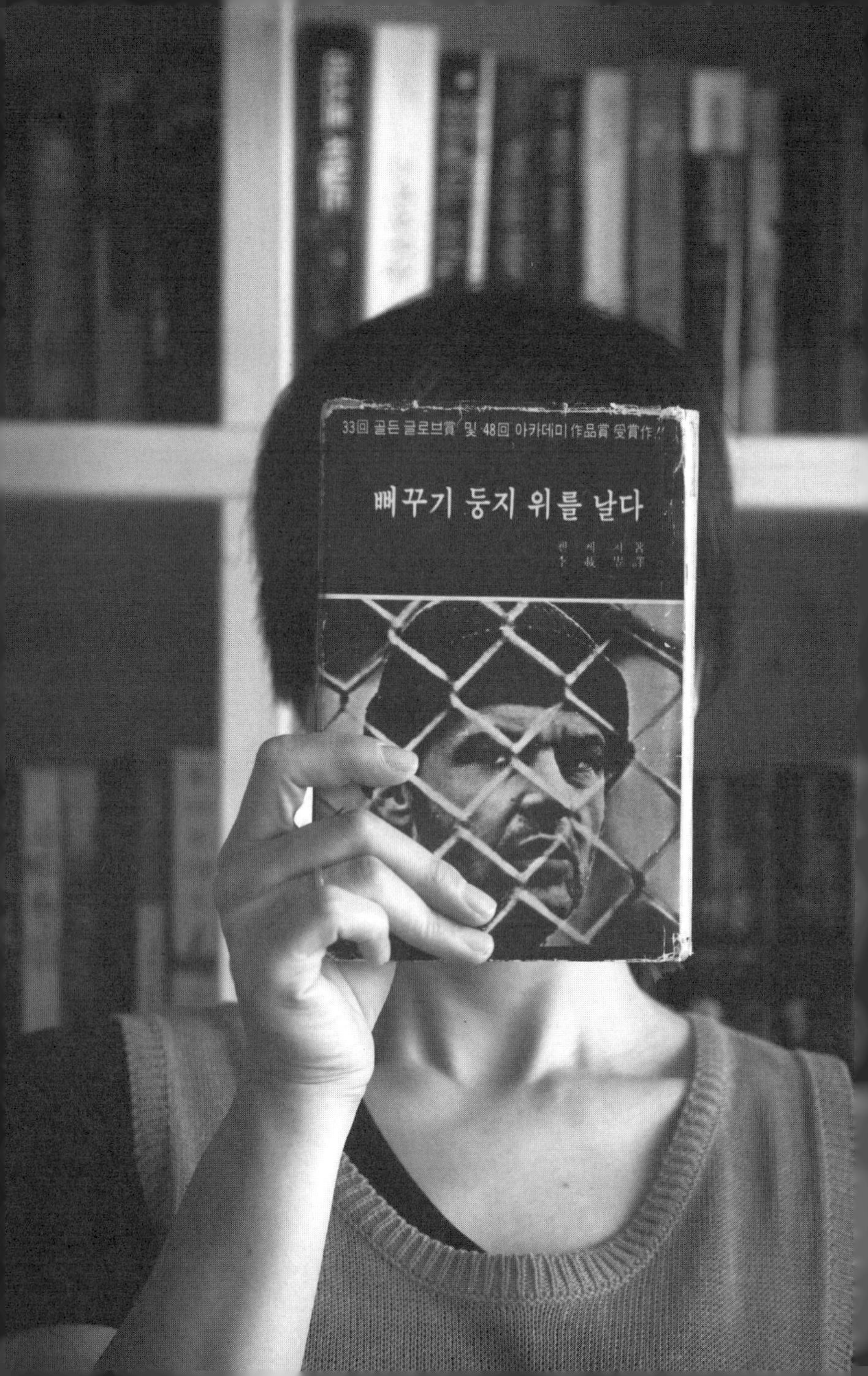
33回 골든 글로브賞 및 48回 아카데미 作品賞 受賞作!!
뻐꾸기 둥지 위를 날다

**뻐꾸기**
**둥지 위로**
**날아간 새**

켄 키지

정유정의 탐독

한 권의 책으로 인생이 바뀐다는 생각은 지극히 낭만적이다.
하지만 드물게 실제 사례가 되는 사람도 있다.『7년의
밤』으로 2011년 한국에서 가장 많은 독자의 지지를 확보한
소설가 정유정이다. '계절의 여왕'이라는 5월에
그가 사는 광주를 찾았을 때, 그는 5월의 광주 방문을
환영한다고 했다. 광주 일곡동 아파트의 맨 꼭대기 19층.
수직으로 내리꽂는 오후 1시의 햇볕을 맞으며 그는
"펜트하우스에 오신 것을 환영합니다."라고 인사했다.
그의 신장은 171센티미터.『뻐꾸기 둥지 위로 날아간 새』의
인디언 추장 브롬든이 포개졌다.

태어난 전남 함평에서 이곳 광주로 터전을 옮긴 것은 여고에 진학하면서부터. 될성부른 함평 여중생의 대처 유학이었다. 열다섯 살 때의 이주였으니, 이미 함평 시절보다 두 배 넘는 시간을 이 빛고을에서 보낸 셈이다.

작가가 자신의 서가에서 빛바랜 낡은 책 한 권을 꺼낸다. 그 책이다. 켄 키지의 장편소설 『뻐꾸기 둥지 위로 날아간 새』. 작가가 되고 싶었지만, 왜 작가가 되고 싶은지는 몰랐던 여고생 정유정에게 그 이유를 가르쳐 줬던 책. 지금은 박물관에서나 만날 수 있는, '뻐꾸기 둥지 위를 날다'라는 제목으로 나오고 세로쓰기로 된 1976년 대운당 출간본이다.

"1980년이었어요. 저는 세 살 아래 남동생과 함께 광주로 유학을 온 촌뜨기였죠. 23일인가 24일쯤 됐을 겁니다. 시민군이 도청을 점령하고, 진압군이 광주 외곽을 에워싸고 있던 날, 군대가 도청 진압 작전을 편다는 소문이 돌았어요. 그날 저녁, 하숙집 주인 부부와 하숙생들이 삼겹살에 소주를 한 잔씩 나눠 마셨죠. 마치 최후의 만찬 같았어요. 그리고 다들 도청으로 나갔죠. 하숙집엔 아직 어린 저와 동생만 남았어요."


파란 비가 내리던 새벽

1980년 광주의 비극, 촌뜨기 여학생의 어리둥절함, 그리고 『뻐꾸기 둥지 위로 날아간 새』. '작가가 되기 위한 삶'으로 표현할 수밖에 없을 만큼 그날은 극적이었다. 하숙집 주인아저씨는 혹시 모를 상황에 대비해서 창이라는 창은 모두 이불로 덮어 빛을 막았고, 남매도 숨을 죽였다. 밖에는 콩 볶듯 총소리가 끊이지 않았고, 당연히 잠은 오지 않았다. 세 살 어린 남동생은 낮 동안의 과도한 유흥과 놀이로 쿨쿨 곯아떨어졌지만, 고민 많은 여고생 정유정은 점점 더 정신이 또렷해질 뿐이었다. 숙면을 노리고 제일 어렵게 보이면서 두꺼운 책을 읽어 보기로 했다. 며칠 전부터 비어 있는 대학생 오빠의 방에서 찾아낸, 그 두껍고 어려워 보이는 책이 『뻐꾸기 둥지 위로 날아간 새』였다.

"여섯 장만 읽으면 잠이 올 거라고 생각했는데, 창 밑에 앉아서 그 자세로 끝까지 읽어 버린 거예요. 이미 새벽이고 날이 밝아 왔어요. 뭔가 마음 깊은 곳에서 부글부글 끓는데, 그게 뭔지도 모르겠고, 어떻게 할지도 모르겠고……. 하숙집 앞에 야구 연습장이 있었어요. 철망이 파란색이었는데, 그날 비가 왔거든요. 새벽 어스름에 비가 부슬부슬 내리는데, 마치 파란 비가 내리는 것 같았어요. 엉엉 울었어요. 나도 모르게 울음이 터져 나오더라고요."

전남 함평에서 정유정은 '소녀 문사'였다. 그가 초등학교에 입학한 것은 여섯 살 때. 직장 생활을 하던 어머니는 돌봐 줄 사람도 없는 집에서 하도 말썽을 피우는 딸을 남들보다 2년이나 앞당겨 입학시켰다.

두 살 위 언니, 오빠들과 경쟁하다 보니 공부를 잘할 리가

없었다. 모든 분야에서 '열등생'이었는데, 유일하게 1등을 독차지하는 분야가 있었다. 백일장이었다. 초등학교 3학년 때부터는 아예 4, 5, 6학년 선배들을 제치고 학교 대표로 지역 백일장 대회에 나가 장원을 도맡아 오곤 했다. '학교 대표 백일장 선수'. 수업을 마치고 돌아오면, 그 길로 뛰쳐나갔다. 동네 아이들을 불러 놓고 이야기 잔치를 시작했다. 책이 귀하던 시절, 소녀 정유정은 일종의 도서관이었다. 온갖 말썽을 피우다가도 신기하게 책만 쥐여 주면 소녀는 그 속으로 빠져들었고, 친구들 앞에 나가 그 이야기에 살을 붙여 한 시간이고 두 시간이고 떠들어 대곤 했다. 원작 그대로 전한 경우는 드물었다. 살짝 변형을 주고 조금만 이야기를 비틀어도 친구들은 깜빡 숨이 넘어갔다. 막연하게나마 소설가가 되겠다고 생각했던 것도 그때였다.

자신이 최고의 글꾼이라고 오만에 빠져 있던 정유정이 '좌절'을 겪은 에피소드가 있다. 중학교 2학년 즈음. 신춘문예로 정식 등단했던 문인이 여중생 정유정의 집에서 요양을 하고 있었다. 외삼촌이었다. 술을 탐닉했던 외삼촌은 늘 몸이 허약했고, 휴양차 함평의 누이 집에 내려와 있을 때 그 일이 벌어졌다. 당시 책을 읽고 나면 누가 시킨 사람도 없는데 꼬박꼬박 독후감을 써서 책상 서랍 속에 넣곤 했다. 그런데 어느 날 학교를 마치고 돌아와 보니 그 원고지에 빨간 줄이 죽죽 그어져 있었던 것. 그러고는 단 한 줄이 적혀 있었다.

"멋 내지 마라."

충격이었다.

"내 깐에는 문학소녀라고 생각하고 있었는데, 최고로 멋진 문장이라고 자신하고 있었는데……. 외삼촌은 집에서도 늘 술만 먹었거든요. 인정할 수가 없었죠. 팩 토라져서 외삼촌에게 물어봤어요. 그랬더니 '쓸데없는 말이 너무 많아 하고자 하는 말이 흐려졌어.'라고 하시더라고요. 뒤통수를 한 대 맞은 것 같은 기분이었어요. '아, 문장이라는 것은 간략하고 분명해야 하는 거구나.' 외삼촌이 준 가르침이었죠."

난독(亂讀)과 난필(亂筆)을 일삼던 문학소녀는 겸손을 배웠다. 그리고 2년 뒤 『뻐꾸기 둥지 위로 날아간 새』를 만난 것이다. 작가가 되고 싶다는 생각은 막연히 있었지만, "왜?"라는 질문에는 늘 대답이 궁색했다.

"주인공 맥머피가 뇌 수술을 받고 돌아와서는 식물인간이 되어 버리잖아요. 자유의지를 잃은 거죠. 가장 모욕적인 상태예요. 추장 브롬든은 그의 명예를 지켜 주기 위해 맥머피의 얼굴을 베개로 덮습니다. 어렸을 때, 당연히 살인은 나쁜 짓이라고 생각했어요. 그런데 '때로는 살인이 구원일 수도 있구나.' 그 사실을 처음 깨달았어요. 그리고 나는 왜 작가가 되고 싶은가에 대한 대답을 정확히 얻었어요. '소설로 사람에게 이런 충격을 줄 수도 있는 거구나. 사람을 감정의 바다에 빠뜨릴 수 있구나.' 신비롭더라고요. 나는 이런 경험을 내 독자들에게 주고

싶었어요."


## 내게는 하느님이던 엄마

작가가 되고 싶은 이유를 발견했지만, 삶은 녹록하지 않았다.
지금은 돌아가셨지만, 그의 인생에서 가장 강력한 영향력을
발휘한 사람은 어머니다. 누구나 자신의 어머니에 대해서는
애증이 교차하겠지만, 정유정 역시 그렇다. 몇 가지 에피소드가
있다. 그는 2남 2녀 중 첫째. 집안 형제들은 모두 장신이다.
돌아가신 어머니 제사 때 형제자매들이 모이면 천장이 보이지
않을 만큼 "컴컴하다."라고 했다. 자칭 타칭 '거인들의 왕국'. 다섯
살 밑 여동생은 키가 176센티미터로 미스코리아 광주-전남 선을
지낸 미인이다.

어머니는 동생에게만은 "넌 공부할 필요 없다."라고
하시면서도, 정유정에게는 가혹했다. 외삼촌의 삶이
안타까워서였는지 '국문과'는 더더군다나 결사반대. 오직 소원은
딸을 의사로 만드는 것이었다. 하지만 성적은 받쳐 주지 않았고,
그는 광주 기독간호대학교에 진학했다. 공부가 재미있었을 리
없다. 1학년을 마친 겨울에는 '가출'을 감행하기도 했다. 부산
해운대에서 이틀 만에 돈이 바닥나 굴욕을 참고 집에 전화했을
때, 광주에서 '빛의 속도로' 날아온 사람 역시 어머니다. 예상과
달리 부산에서 박대를 당했던 여대생 정유정은 미주알고주알

푸념을 시작했다. 자신이 댄서로 일하는 나이트클럽에 놀러
오라던 고향 친구는 그 클럽에 없었다는 것, 나이트클럽
'기도'들이 그를 문전 박대했다는 것, 여인숙 수준이었던
여관에서는 문고리도 고장 나 있었다는 것, 옆방은 남녀가 밤새
싸움질이었다는 것……. 대답을 듣자마자 어머니는 딸을 데리고
다시 그 나이트클럽으로 '돌격'했고, 새벽까지 술 마시며 같이
춤을 췄고, 부산 최고의 호텔에 방을 잡았다.

그런 어머니가 세상을 떠난 것은 작가의 나이 스물다섯 살 때.
만성간염으로 시작했지만 곧 간 경화로 발전했고, 마지막에는
간암이 되었다. 당시 그는 어머니가 환자로 들어온 중환자실의
간호사였다. 자신의 일터로 환자가 되어 들어온 어머니를
맞이하는 심경은 참담했다.

"돌아가시고 나니까 오히려 근무를 못 하겠더라고요. 침상에
환자가 누워 있으면 엄마 얼굴과 겹쳐졌어요. 근무가 아닐 때는
잊었다가도, 중환자실로 들어가면 다시 생각났지요. 엄마는 내게
하느님이었는데……."

건강했을 때 어머니는 「라이온 킹」의 교육관을 가진 '타이거
맘'이었다. 절벽에서 떨어뜨려도 살아 돌아올 놈은 반드시 살아
돌아온다, 사막에 던져 놔도, 진구렁에 빠져도, 자신의 힘으로
살아 돌아와야 한다는 세계관이었다. 그 어머니가 세상을 떠나며
맏딸에게 부탁한 것은 이것이었다.

"이제부터는 네가 집안의 엄마다. 동생들을 부탁한다."

스물다섯의 청춘은 이제 저당 잡혔다. 아버지와 세 동생을 건사해야 했다. 대학생과 재수생투성이인 당시였다. 묵묵히 돈을 벌고, 동생들 공부를 책임지고, 가정을 돌봤다.

"솔직히 너무 싫었어요. 하지만 동생들을 책임지지 않으면, 내 인생도 망치겠더라고요. 눈 딱 감고 30대 중반까지만 일을 하자, 그리고 소설을 쓰자고 결심했죠."

간호사 생활 5년, 건강보험심사평가원 생활 9년. 도합 14년을 직장인으로 근무했다. 정유정에게 흥미로운 부분은 이 대목이다. 자신의 재능에 대한 믿음이 있다고 해도, 이 정도 시간이면 대부분 자신의 삶을 현실에 맡기고 투항하는 경우가 대부분. 하지만 그는 "대책 없는 확신이 있었다."라고 했다. 성격 자체가 낙천적이기도 했지만, 계속 자신에게 최면을 걸었다. 간호사 시절에도 '이건 진짜 내 인생을 살기 위한 준비 기간이야.'라고 주문을 걸었고, 공무원 신분이었던 때도 마찬가지였다.

"제가 성격이 그래요. 스위치가 켜지거나 꺼지거나, 둘 중 하나만. 0 아니면 100, 모 아니면 도. 타협이 없어요. 내가 원하는 게 아니면 내 인생이 아닌 거야. 뭐랄까? 『뻐꾸기 둥지 위로 날아간 새』의 맥머피하고도 비슷하지 않아요? 내 후배가 그러더라고요. 반사회적인 성격장애라고. '저질 변태'라는 별명이 괜히 나온 게 아니라니까요."

## 평지돌출? 치밀한 계획으로 일군 성취

'평지돌출'이라는 표현이 있다. 느닷없이 솟아오른 융기.
족보도 없고, 계통도 없다. 정유정에게 그 표현을 쓸 수 있을
것이다. 『7년의 밤』이 2011년 돌풍을 일으켰을 때, 나는
《조선일보》 문화면에 그를 소개하면서 '3무 작가'라는 수식어를
쓴 적이 있다. 대학에서 문학을 공부한 적도 전혀 없고, 문단
경력도 전혀 없으며, 상대적으로 홍보에 취약한 지역 출신
문인이라는 것. 오로지 자신의 문학적 재능과 성실 하나로
승부를 겨루는 작가라는 것.

존재 자체를 새롭게 알게 된 사람들은 "자고 일어났더니
유명해졌다."라는 바이런의 문장을 그에게서 떠올릴지 모르지만,
정작 본인은 이 수식이 억울하다. 단 한 번도 문학에 대한 꿈을
접은 적이 없었고, '치밀한 계획'으로 지금에까지 이르렀다고
자부하기 때문이다. '치밀한 계획' 첫 번째는 우선 동생들의
공부와 본인의 결혼. 막냇동생이 군대를 마치자마자 바로
결혼했다. 세 살 아래의 바로 아래 남동생, 광주의 그날 밤 먼저
쿨쿨 곯아떨어졌던 그 남동생의 친구가 상대였다. 세 살 연하
동생 친구는 소방공무원 시험에 합격했고, 남편이 됐다. 남편은
119구조대에 배치됐다. 치밀한 계획의 일부를 선언했다.

"집을 사면 그날로 직장 그만두고 글을 쓰겠다!"

쾌거까지는 6년이 걸렸다. 두 사람 모두 맨손으로 시작해서
일군 성취였다. 그리고 정유정은 바로 그해에 남편에게 선언했다.

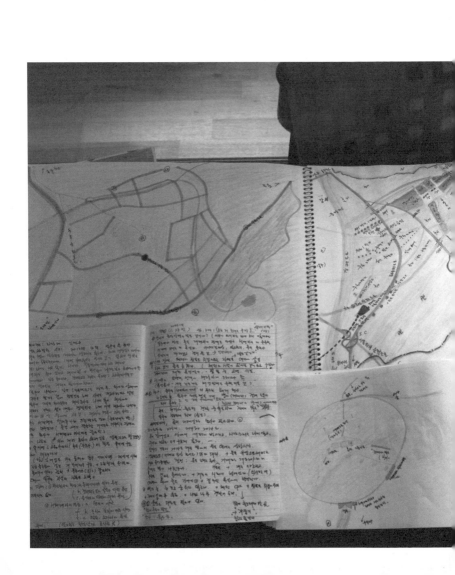

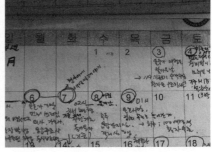

"이제는 신랑, 당신이 나를 먹여 살려라."

서른다섯 되던 해. 공교롭게 그때도 5월이었다. 처음에는 당장 세상이 뒤집힐 줄 알았다. 그런데 이후 6년 동안 문예지와 각종 공모전에서 정유정은 줄기차게 떨어졌다. 낙천주의자와 동의어였던 정유정이 처음으로 슬럼프를 만난 것도 그때였다.

'나는 안 되나?'

응모했다가 떨어진 작품을 출판사가 적당히 개작해서 책으로 출간했지만, 위로는 되지 않았다. 그리고 이듬해 자포자기의 심정으로 쓴 『내 인생의 스프링캠프』가 세계청소년문학상에 당선됐다. 성인 소설에 도전한 것은 2년 뒤. 『내 심장을 쏴라』로 세계문학상을 받았다. 눈물은 그때 쏟아졌다. 남편과 함께 펑펑 울었다. 그리고 다시 2년 뒤인 2011년 한국문학의 문제작 『7년의 밤』이 태어났다.

6년 동안의 철저한 무명 시절과 많은 사람이 기억해 주는 최근의 6년. 하지만 정유정에게 '소설 쓰기'는 여전히 숙련이 없는 직업이다.

"똑같아요. 책상 앞에 앉으면 허허벌판. 글 쓰는 요령은 전혀 늘지 않아요. 무명 시절이나 지금이나 여전히 더듬더듬. 지난번에는 소설 쓰는 천명관 선배와 통화하다가 진도가 안 나간다고 투덜거렸더니, '그래도 무조건 계속 써라.'라고 충고하더라고요. 뭐야, (웃으며) 자기가 천재라고 자랑하는 거야? 나는 그렇게 쓴다는 게 용납이 안 돼요. 내 머릿속에서 술술 나오는 이야기가 다른 사람 머릿속에는 없겠어? 나는 우리나라 작가들이 경이로워요. 어떻게 인터넷에 한 방에 연재하고, 한 방에 책으로 내지? 한두 번 고쳐서 펴낸다는 게 나는 이해가 안 돼!"

그의 이 유쾌한 분노를 마주했을 때, 정유정의 밑천과 재산이 궁금해졌다. 떼를 써서 집필실 안으로 들어갔다. 방의 한쪽 유리창을 가득 메운 대형 지도가 이방인을 맞는다. 새 작품의 공간적 배경이 될 곳에 대한 지도라고 했다. 작업 노트를 보여 달라고 하자 머뭇거리며 두툼한 노트 몇 권을 주섬주섬 꺼낸다. 우선 직접 그린 지도들이 가득한 스케치북. 공간적 배경을 장악하기 위해 직접 그린다는, 수채 색연필을 이용한 지도들이다. 세밀화와 확대도가 장마다 펼쳐진다. 주인공들의 동선과 사건의 동선도 그 지도에 미리 그려 본다.

또한 스케줄 노트가 있다. 이번에는 시간적 배경을 장악하기 위한 노트다. 소설 속 시간에 맞춰 그 날짜에 벌어지는 사건들을 정리하고 요약한다. 색색 펜으로 촘촘히 정리한 노트에는 빈칸이 거의 없이 빽빽하다. 그리고 또 하나의 노트가 등장한다. 초고를 마친 뒤 마치 시나리오처럼 1고, 2고, 3고를 거듭한다. 그때마다 수정할 부분을 카드에 적는다. 이 카드 노트 한 권이 수백 장 수준인데, 서너 권은 기본이다. 다른 노트라고 한 권만 쓰는 것은 아니니, 새 작품 하나에 들어가는 노트만 평균 십여 권. 『내 인생의 스프링캠프』, 『내 심장을 쏴라』, 『7년의 밤』이 모두 이런

과정을 거쳐 탄생했다. 정유정 작품의 밀도에 대한 비밀 하나가
풀리는 순간이었다.


## 작가의 임무는 의미 있는 순간을 만드는 것

한국문학에서 정유정이 지니는 위상은 조금 특이하다. 그는
철저한 장편 작가. 단편의 문장 미학을 우선하는 한국문학의
전통에서 완전히 비켜나 있다. 당연히 플롯과 사건이 우선한다.
스릴러 문법 등 장르적 장치를 적극적으로 활용하면서 독자를
손쉽게 끌어들인다. 이러한 그의 특장들이 기존 순수문학
진영에서 정유정의 소설을 적극적으로 평가하지 않는 이유가 될
것이다.

많이 팔리는 소설이 반드시 좋은 소설인 것은 아니지만,
많이 팔린다고 해서 모두 다 저렴한 대중소설인 것은 아니다.
정유정에게 두 가지를 물었다. 문학의 영토가 예전보다 위축되고
쇠락한 지경에서, 문학은 당신에게 무엇을 주느냐고. 그리고
당신의 문학은 독자들에게 무엇을 줄 수 있느냐고.

우선 '나는 왜 문학을 하는가?'부터. 그는 "글을 쓰지 않는
나는 상상도 할 수 없다."라고 했다. "내 존재의 이유"라는 표현도
썼다.

"글을 쓰지 않으면 가치가 없는 인간 같아요. 마누라로서,
엄마로서 하는 역할이 있겠지만, 나는 '소설가 정유정'의 삶이

가장 중요해요. 그 자체로 '나'라고 할 수 있는 건 이것밖에 없거든요. 가족이 위기에 닥치면 당연히 제 역할을 해야겠지만, 일상을 살고 있을 때 저는 이기적입니다. 하지만 글을 쓸 때만이 유일하게 존재감을 주는 걸 어떡하겠어요."

그렇다면 당신의 문학은 독자들에게 무엇을 줄 수 있는가?

"저는 문학이 누군가에게 굉장한 의미를 가져야 하고, 꼭 철학을 지녀야 한다고는 생각하지 않아요. 문학이 줄 수 있는 건 정서적인 체험이라고 생각합니다. 살아 보지 못한 인생에 대한 감정을 주는 거죠. 왜, 마흔이 넘어가면 소설을 안 읽는다잖아요. 세상사에 신기한 일이 없어진다면서요. 나름대로 통달하는 거겠지. 하지만 작가는 살아 보지 못한 인생을 제시해 줄 수 있어요. 아리스토텔레스 『시학』을 읽다 보니 이런 대목이 있더라고요. 길가에서 시체를 발견하면 사람들은 깜짝 놀라서 도망가죠. 의미가 발생하는 순간은 그다음이에요. 일상은 그래요. 사건은 사건대로 흐르고, 의미는 의미대로 흐르죠. 그런데 소설은 그걸 일치시켜요. 독자들이 내 소설을 읽고 울컥하거나 감동을 느꼈다면, 그런 장면 때문일 거라고 생각합니다. 추장 브롬든이 맥머피를 베개로 눌러 죽일 때, 사건과 의미가 함께 오는 순간이 발생해요. 논리적으로 금방 설명할 수는 없을지도 모르지만, 분명히 감정의 중첩이 오죠. 작가의 임무는 그런 게 아닐까요? 그런 의미 있는 순간을 만들려면, 이야기는 정교하게 구축되고 조직되어야 하는 거죠."

예상한 사람들도 있겠지만, 그의 서가에 이른바 본격문학 작가의 작품은 거의 없었다. 스릴러, 호러, SF, 판타지 등 장르 소설이 장르별로 구획되어 있었고, 대중 과학서와 소설 작법에 관한 책들이 나름의 규칙으로 서가의 영토를 분할하고 있었다. 이른바 본격 작가라고 불릴 수 있는 한국 작가는 겨우 세 명. 박민규, 박현욱, 천명관이다. 그건 어쩌면 정유정이 좋아하고 지향하는 문학관이기도 하다. 그는 "훌륭한 이야기이면서 동시에 잘 쓴 소설"을 가장 이상적으로 생각한다고 했다. 엔터테인먼트로 훌륭하면서, 동시에 기법 면에서도 웰메이드(well-made)인 소설. 느슨하고 태만한 순문학보다 정교하고 재미있는 웰메이드 장르 소설을 잘 쓰는 게 작가 정유정의 꿈이다. 그는 술을 지극히 사랑하는 작가 중 한 명이지만, 새 작품을 쓸 때만큼은 알코올 공급을 중단한다는 원칙을 가지고 있다. 그날 저녁 광주 시내 한 식당에 들렀을 때, 그는 자신의 잔에 따라 놓은 지역 특산 잎새주를 한 방울도 입에 대지 않았다. 같이 먹는 사람들의 흥을 즐겁게 돋우면서도, 너나없이 술잔이 돌아갔는데도, 그 원칙은 전혀 흔들림 없이 지켜졌다. 기법적으로 훌륭하고, 흥겹기까지 한, 웰메이드 주도(酒道)였다.

너무나 흔하지만,
너무나 참담한
몰락 이야기

소설가

조너선 프랜즌

# 심판

프란츠 카프카

조너선 프랜즌의 탐독

뉴욕행 비행기 이코노미석에서 열세 시간을 보내야 하는,
그것도 가운데 낀 좌석을 배정받은 불운한 승객으로서는
페이지가 절로 넘어가도록 흥미진진한 소설책 이상의
구원을 기대하기는 어려울 것이다. 경쾌한 필치에 세련된
스타일, 그리고 무엇보다 분량이 딱 좋은……
그러나 불운하게도 내 손에 쥐어진 운명의 책은 내게
그러한 친절을 베풀어 줄 것 같지가 않았다. 조너선
프랜즌의 장편소설 『인생 수정』. 730쪽에 이르는
물리적 실체부터가 내게 구도자의 자세를 당당히
요구하는 듯 보였다.

'톨스토이', '디킨스', '시대를 초월한', '위대한', '고전' 따위의
부담스러운 단어들로 도배된 책 뒤표지의 비현실적 '성분 표시'
또한 나를 자꾸만 오그라들게 했다. 그러나 곧 풍향은 바뀌었고,
책 속의 항로는 '수정'됐다. 그가 쏟아내는 지적인 익살에 몸을
비틀며 웃음을 삼키고, 그가 그려 낸 결혼 생활의 세밀화에
경탄의 한숨을 뿜어내느라 열세 시간이 어떻게 지나가는지도
모르는 채 730쪽은 동났다. 어느새 비행기는 고도를 낮추고
있었고 나는 즐거운 긴장감으로 부풀어 오르고 있었다. 그렇다.
뉴욕에 바로 이 놀라운 작가 조너선 프랜즌이 살고 있다. 그리고
나는 그를 만나러 뉴욕에 온 거다.


## 공공의 적 2호가 되다

조너선 프랜즌. 그 이름에 열광하는 열렬한 팬이 빠른
속도로 늘어나고 있기는 하지만, 독자 중에는 그를 생소한
미국 작가 중 하나쯤으로 가벼이 넘겨 버리는 이가 대부분일
것이다. 자, 그렇다면 그의 열혈 독자들에게 질타를 받을 각오를
하고, 무심한 독자 대중에게 가장 얄팍하고 손쉬운 유혹의
손길을 한번 뻗쳐 보자. 그의 이름 뒤에 수상할 정도로 화려한
수식어들을 깃털 장식 달듯 마구 달아 보는 것이다. 이를테면,
스티븐 킹 이후 10년 만에 미국 시사 주간지 《타임》의 표지
모델이 된 유일한 소설가라든지. 버락 오바마 대통령이 휴가 갈

때 자신의 도서 목록에 꼭 포함하는 작가, 혹은 미국 토크쇼의
여왕 오프라 윈프리의 '구애'를 감히 거절한 사나이라든지…….
아, 물론 오프라 측의 원성이 들려오기 전에 이 황망한 사건에
약간의 설명을 덧붙이긴 해야 할 것이다. 지난 2001년 오프라
쇼는 조너선 프랜즌의 신작 『인생 수정』을 오프라 북클럽
이달의 도서로 선정했었다. 그러나 조너선 프랜즌 쪽이 감히
오프라의 호의를 거절했다는 것. 당연히 오프라 쇼의 800만
애청자는 격노했다. 은근한 자부심과 일종의 '허영심'으로
오프라 북클럽의 리스트를 성실히 좇아 읽던 미국의 대중은 이
오만한 무명작가의 돌발 행동 덕분에 자존심을 다친 것이다.
'지적 허영'에 상처 입은 대중은 이 무명작가의 또 다른 '지적
허영'을 통탄했다. 100만 부는 거뜬히 팔아 치울 수 있는 절호의
기회도 그다지 달가워하지 않은 프랜즌의 초연함 역시 한심한
'치기'로 폄하되었다. 2001년 미국 사회 공공의 적 1호는
오사마 빈라덴이었고 2호는 조너선 프랜즌이라는 농담이 통할
정도였다니…….

그러나 프랜즌 측의 자기변호도 안 들어 볼 수가 없다.
그는 사실 오프라의 러브콜을 거부한 적이 없다고 한다. 다만
사석에서 우려 섞인 푸념을 늘어놓았을 뿐이란다.

"오프라의 독자와 내 독자는 조금 다른 것 같은데……."

이 말이 미디어를 타고 퍼져 나갔고, 자고 일어나 보니 자신이
공공의 적 2호가 돼 있더라는 것. 하지만 실제로는 그 모든

소동에도 불구하고 그의 책『인생 수정』은 오프라 북클럽 2001년 리스트에 최종적으로 포함되었고 심지어 2009년에『자유』로 한 번 더 오프라 북클럽의 초대를 받는 영예까지 누렸으니 프랜즌과 오프라 사이에 남은 앙금 따위는 없다고 해도 될 듯하다.

어쨌거나 이쯤 되면 그가 미국 내에서 어느 정도의 유명 인사인지는 설명이 될까? 열혈 독자들이 질타하는 목소리는 점점 더 커지는 듯하지만 말이다. 연예인도 아니고 스포츠 스타도 아닌, 일개 무명작가가 불러일으킨 이 엄청난 반향은 그 자체만으로 나에게 묘한 쾌감을 가져다준 게 사실이다. 아무도 책을 읽지 않는 요즘 세상, 무대에서 쫓겨난 작가들은 각자의 골방에 처박혀 고독과 자괴감의 쳇바퀴만 돌리고 있거나 최저생계비를 조달할 방책과 최저 자존심을 지킬 방도 사이에서 아슬아슬한 담장 걷기를 하고 있는 형편인데, 순문학을 하는 진짜 작가의 이름이 포털의 검색어로 오르락내리락하고 저녁 식탁의 일상적 대화 속에 파고들어 가 열띤 논쟁까지 불러일으키는 사태가 발생하다니······. 이 얼마나 희한하고도 신나는 일인가?

그러나 정말 신나는 일은 따로 있다. 그를 둘러싼 소동이 그저 헛소동으로 끝나지 않고 진정한 프랜즌 프렌지(Franzen frenzy, 프랜즌 열풍)로 이어졌다는 것. 만일 그의 이름을 둘러싼 세인들의 의심과 호기심이 극에 달했을 때 정작 그가 꺼내 놓은 보따리 속의 내용물은 변변치 않았다면 2001년의 소동은 문학에 대한 염증과 실망만 더하고 말았을 것이다. 하지만 그는 진짜였고, 진짜를 가지고 있었다. 호기심이든 노여움이든, 그 어떤 이유에서건 일단 그의 책을 펼쳐 든 사람들은 그를 다시 보게 되었다. 그의 이야기는 진짜 우리의 이야기이면서 동시에 바로 지금 이곳의 이야기였다. 가장 평범한 외피 안에 가장 놀라운 속살을 숨기고 있는, 수다와 익살 속에 가족의 비극과 개인의 비애를 진하게 녹여 내는 이야기였다. 그리고 무엇보다도 우리 모두에게 간절한 '희망'에 관한 이야기였다. 마지막 페이지를 덮으며 독자는 스스로 묻게 된다. 나에게도 희망은 있을까? 실패와 수치와 상처로 얼룩진 내 인생의 항로를 수정할 시간이 나에게도 남아 있을까?

이토록 놀라운 문학적 성취 앞에 나는 물을 수밖에 없다. 조너선 프랜즌 그 자신의 인생은 어떤 길을 밟아 온 것일까? 어떤 경험이 그의 인생 항로를 수정해서 지금의 작가 조너선 프랜즌으로 이끈 것일까?

## 수면 밑에는 내면이 있다

"그 책을 읽고 난 뒤 가족이 새삼 다시 보였어요. 마치 깜깜했던 집에 불이 한꺼번에 켜지는 것 같았죠. 전에는 몰랐던, 내 가족들의 욕망과 무의식과 내면. 그전까지는 아무것도 보이지 않았는데, 이제는 볼 수 있었습니다. 프란츠 카프카의

『심판』입니다."

당신을 바꾼 책이 무엇이냐는 질문에, 그는 마치 기다리고 있었다는 듯 말문을 열었다. 그리고 마음속 단 한 권의 책을 지목하듯 그 이름을 말했다. 프란츠 카프카의『심판』. 솔직히 뜻밖이었다. 프랜즌 자신의 작품 세계와 가장 거리가 먼 작가를 꼽으라고 했을 때 나왔어야 할 이름이 카프카쯤 되지 않을까? 악몽이라고밖에는 말할 수 없는 기괴한 풍경 속, 수수께끼 같은 언어와 굴절된 무의식의 미로 속에서 헤매는 카프카에 비해 프랜즌의 세계는 얼마나 사실적이고 수다스러우면서 해학적인가? 마치 카프카가 말하지 않고 남겨 두려는 것을 프랜즌이 모조리 까발려서 우리 앞에 마구 들이미는 격이랄까? 현실 세계를 가운데에 두고 카프카와 프랜즌이 서로 반대쪽 끝에 버티고 앉아서 시소라도 타는 느낌인데……. 그러나 (카프카에 관한) 프랜즌의 열정적인 간증은 계속됐다.

"카프카뿐 아니라, 토마스 만, 알프레드 되블린, 니체, 슈니츨러, 릴케…… '위대한 근대 독일 작가들'을 그해에 읽었죠. 모두 그해 가을의 일이었습니다. 그러고 나서 학기가 끝나 기숙사를 뒤로하고 집에 돌아갔어요. 대략 1년 6개월 만의 가족 상봉이었던 것으로 기억합니다. 마치 마술 같았죠. 카프카는 제게 인간을 이해하는 새로운 방법을 가르쳐 주었습니다. 그전까지는 보이지 않던 게 보이더군요. '수면 밑에는 내면이 있다.'"

그가 말하는 그해는 1980년. 그의 나이 스물두 살, 독문학 전공

4학년 가을의 일이었다. 성실한 엔지니어 아버지와 헌신적인 가정주부 어머니 밑에서 자라 과학도의 길에 접어들었던 모범생 프랜즌은, 문학에 대한 열정을 주체 못 하고 결국 진로를 '수정'했었던 것이다. 그러나 막연한 동경만으로 글이 써지는 건 아니었다. 작가로서 겨우 닻을 올렸을 뿐인 스물둘의 청년이 문학이라는 망망대해로 나아가기 위해서는 그를 새로운 세계로 밀어붙이는 최초의 거센 바람이 불어야 했다. 바로 카프카의 『심판』이 그런 바람 역할을 해 주었다는 것이다. 그의 고백에 고개를 끄덕이면서도 여전히 남는 질문은 하나. 그런데 왜 하필 카프카였을까? 그러나 질문을 던질 틈도 주지 않고 프랜즌의 고백은 계속된다.

"그런데 솔직히, 처음 이 책을 읽었을 때 나는 단 한 마디도 제대로 이해할 수가 없었습니다. 그전까지 나는 자신을 무능한 독자라고 느낀 적이 한 번도 없었는데, 그 책에 관해서 만큼은 정말 벽에 부딪힌 느낌이었습니다. 그 당시 교수님은 이렇게 말씀하시더군요. '처음부터 다시 한 번 봐. 무작정 첫 챕터를 다시 읽어 보라고. 자네가 알고 있는 모든 것이 달리 보일 때까지.' 그래서 다시 읽기 시작했습니다. 한 단어도 빠뜨리지 않고 다시 읽어 나갔는데, 정말로 신기한 일이었어요. 처음 읽었을 때와 겹쳐지는 것이 아무것도 없었죠. 마술 같았죠. 숨은 눈 하나가 뜨인 것 같았습니다. 모든 문장이 무엇을 말하고 있는지 알 수 있었어요. 내가 얼마나 무감각했던가, 내 눈이

얼마나 어두웠었나를 깨닫고 나니, 실로 인생이 바뀌었다고 할
만했습니다. 그러나 즐거운 기분만은 아니었죠. 새 눈에 비친
세상은 더는 단순하지도 확실하지도 않았습니다. 나 자신조차 다
안다고 말할 수가 없었죠."

숨은 눈이라는 그의 표현이 내 머릿속 어느 지점에 표창처럼
날아와 박히는 느낌이었다. 그리고 곧이어 어떤 강렬한 이미지를
불러일으켰는데, 그건 프랜즌의 것인지 카프카의 것인지 알 수
없는 커다란 눈의 동공과 홍채, 그리고 그 위를 덮고 있는 투명한
렌즈였다. 카프카와 프랜즌처럼, 이목구비부터 분위기, 인종적
특징까지도 닮은 구석이 전혀 없어 보이는 두 사람이, 만일
똑같은 특수 렌즈를 착용하고 있다면? 아이러니하게도 그들이
보는 두 개의 세계는 무척이나 닮았지 않을까?

흔히 "카프카적(Kafkaesk)이다."라는 표현으로 뭉뚱그려지는
일그러진 악몽의 세계. 그 악몽이 가장 카프카적인 공포를
불러일으키는 순간은 아마도 그 내용이 우리의 일상과 가장 닮은
순간일 것이다. 일상의 겉모습 뒤에 어른거리는 공포와 불안,
아니 그 어떤 단어로도 요약할 수 없는 '카프카적인 그 무엇'을,
우리네 범인은 애써 무시하거나 혹은 미처 알아차리지도 못한
채 안락한 일생을 보낸다. 하지만 카프카의 눈에는 애초에
카프카적인 렌즈가 삽입되어 있으니, 그에겐 그 모든 게
처음부터 보였고, 무시할 수도 처부술 수도 없었던 것이다. 그
악몽을 벗어나려는 필사적인 방편의 하나로 그는 그 자신의

언어를 재료로 악몽의 미로들을 만들어 냈던 건 아닐까?

프랜즌 역시 새로운 눈 하나를 얻은 대신 확고한 현실 세계를 잃는 대가를 치렀으리라. 그는 미국 중서부의 중산층 가정이라는 지구상 가장 확고하고 튼튼한 울타리 너머에도 어김없이 숨죽이고 있는 억압과 갈망을 보게 되었다. 물론 피상적인 현실 너머 무의식의 세계에까지 눈을 돌리는 것은 작가 본연의 임무이자 즐거움일 것이다. 하지만 프랜즌은, 카프카가 카프카적인 것 이상으로, 프랜즌적이다. 진저리 나는 집요함과 소름 끼치는 관찰력으로 현실의 풍경을 난도질해서 현실 이상의 현실을 재현한다.


## 카프카의 눈, 프랜즌의 눈

그의 소설 『인생 수정』은 한마디로 미국 중서부 한 가족의 2대에 걸친 몰락과 실패의 역사이다. 천성적으로 우울하고 완고하여 현실 적응에 실패한 아버지 앨프리드 램버트, 채워지지 않은 욕망과 외로움으로 서서히 시들다가 마침내는 얄팍한 허영심만 남은 전업주부 이니드, 그리고 이 두 사람 사이에 태어난 개성 강한 삼 남매가 이야기의 주인공이다. 최소한의 인간적 존엄성을 지키며 삶을 자기 방식대로 마무리하고자 했던 남편은 치매라는 생물학적인 덫에 걸려 굴욕적인 말년의 길을 걷는다. 가족의 현실적 행복을 지키려고 고군분투해 온

아내는 이제 마지막 힘을 다해 지난 50년간 자신을 거부해 온 남편과 화해하려고 하지만, 실망스럽고 암담하기만 한 현실은 그에게 그럴 만한 에너지를 남겨 놓지 않는다. 한편 증권회사의 중역으로 풍족한 삶을 살면서도 가정불화와 신경증에 시달리는 장남 게리, 유명 요리사로 출세하지만 성 정체성의 혼란을 겪으며 현실적인 추락을 맞는 딸 데니즈, 그리고 시나리오를 쓴다는 명목하에 마흔 살이 되도록 백수건달이나 다름없는 생활을 하는 구제 불능의 아들 칩. 그들 삼 남매 역시 세상에서 자신의 자리를 찾기 위해 분투해 왔으나 남은 건 참담한 실패의 기억들뿐이다.

　어찌 보면 너무나 흔한 이야기이다. 세상 어디에서나 어깨너머로 흘려들을 수 있는 한 집안의 몰락 이야기. 그러나 프랜즌의 독특한 이야기 방식은 그 이야기를 도저히 흘려들을 수 없는 우리 자신의 고통거리로 만든다. 우선 그 참담한 에피소드들이 너무나 구체적이고 자세하게 묘사된다. 마치 극사실주의 화가의 그림을 보는 듯한 기분이다. 현실을 넘어서는 현실. 진짜와 똑같다 못해, 진짜 이상의 감촉이 아우성을 치는 그림 앞에서 우리는 저절로 긴장하게 된다. 제법 그럴듯하다고 고개 끄덕여 주려던 느긋한 마음은 온데간데없다. 결코 자세히 들여다보고 싶지는 않았던 대상이 코앞에까지 다가와 내 목을 조르는 기분이랄까? 혹은 '어디선가 이 잔인한 화가의 붓이 나보다 더 나 같은 이미지를 도둑질해서 그리고 있지는 않나?'

하는 불안감이랄까? 심지어 나 자신의 속살을 들킨 것 같은 느낌에 수치스러워지기까지 하는 것이다.

하이퍼리얼리즘 작품이 이런 불쾌감을 유발하는 이유는 그것이 우리의 육안이 포착하는 정상적인 이미지를 넘어서기 때문이다. 우리의 눈은 그렇게까지 다, 자세히 보지는 못한다. 마찬가지로 프랜즌이 그려 내는 세계가 그저 통속적인 공감만 불러일으키는 데 그치지 않고 고통과 긴장을 유발하는 이유도 마찬가지다. 그는 자신만의 특수 렌즈로, 우리가 보는 세계를 넘어서는 하이퍼리얼리즘의 세계를 그려 내는 것이다. 인물들이 주고받는 대화가 생생히 살아 있는 데다, 그들이 그 순간 느끼는 내밀한 감정이 민망할 정도로 폭로되고, 더구나 시시각각 그들을 조여 오는 무의식적인 갈망, 과거의 망령까지 들추어내는 것이다. 그렇다. 사실 우리는 이런 삶을 살고 있다. 그러나 우리의 뇌는 그렇게까지 다, 자세히 알지는 못하며, 굳이 알고 싶어 하지도 않는다. 모르는 채로, 표면 위를 미끄러지며 살아가는 우리에게 프랜즌의 그림은 묘한 방식으로 고통을 준다. 카프카의 세계가 몽롱하게 일그러진 이미지로 우리를 불안하게 한다면, 프랜즌의 방식은 극단의 사실주의로 우리를 발가벗긴다. 카프카의 검은 눈과 프랜즌의 푸른 눈처럼 상반되는 방식이지만, 뒤틀린 이미지를 통해 독자의 눈을 존재의 맨 밑바닥까지 돌리게 만든다는 점에서는 동류라 하겠다.

## 이긴다는 것은 생존한다는 것

그러나 스마트폰에 점령당하고 페이스북으로 재편성된 21세기에 굳이 존재의 맨 밑바닥에까지 관심을 둘 사람이 얼마나 되겠는가? 카프카적인 세계는 카프카적으로 멀어져 갔고, 그 어떤 단절과 소외 속에서도 착한 현대인들은 와이파이(Wi-Fi)만 활성화되어 있으면 나름의 의미와 행복을 일구어 낼 수 있다고 믿기 시작했는데 말이다. 누가 소설 따위를 읽고 앉았겠느냐는 분위기 속에 문학은 기약 없는 혼수상태에 빠져든 지 오래이다. 그렇게 된 데에는 작가들 책임도 있다는 것이 프랜즌의 주장이다. 1960년대와 1970년대에 흥미진진한 문학적 전략이었던 포스트모더니즘이 결과적으로는 소설 독자의 수를 현격하게 감소시킨 한 요인이 되었다는 것. 그런 상황을 역전시켜 보고자 미국의 많은 작가가 역사소설을 들고 독자의 품에 투항했지만, 이번에는 거꾸로 창작의 진정성이 허약했기에 오래도록 살아남지 못했다는 것.

"내게 중요했던 소설은 모두 당대를 다룬 작품이었습니다. 톨스토이의 『전쟁과 평화』 정도만이 예외였죠. 도스토옙스키의 소설은 모두 당대를 배경으로 하고 있습니다. 포크너도 제임스 조이스도, 발자크도 모두 마찬가지죠. 그 모든 작가가 현재를 배경으로 쓰고 이야기를 만들어 갔습니다. 제 눈에도 언제나 현재가 더 흥미로워 보였습니다. 그래서 저는 결심했죠. '현대에 몰두하는 소설로 반드시 많은 독자를 만나겠다.' 그게 내 문학적 야심이라면 야심이었습니다."

그의 야심은 화려한 팡파르와 함께 믿기 어려운 성공을
거둔다. 책이 출간되었을 때 《뉴욕 타임스》는 "경이롭다. 우리가
소설에서 원하는 모든 것이 있다. 다만 결코 끝나지 않고
계속되기를 바라는 소망만이 충족되지 못할 뿐."이라고까지
격찬했다. 미국에서만 160만 부가 팔려 나갔고 《타임스》와
《가디언》, 《텔레그래프》, 《살롱닷컴》 등이 2000년대 최고의 책 중
하나로 꼽았으며 전미 도서상까지 거머쥐었다. 진지한 소설로도
많은 독자를 만날 수 있다는 꿈같은 사례를 그가 실천한 것이다.

그러나 그가 집필을 시작하던 1990년대 말까지만 해도 전망은
암울하기 그지없었다. 그때를 회상하는 그의 어조는 아직도
완전히 누그러지지 않은 어떤 감정에 겨워 있었다.

"나는 화가 나 있었습니다. 이전까지 독자들은 내 글을 읽지
않았었고, 내 말에 귀 기울이지도 않았어요. 1990년대 미국은
천박한 물질주의가 판을 치던 때였습니다. 새로 개발된 항우울제
따위가 사람들을 위로해 줄 수 있다는 식의 멍청한 생각이
지배하고 있었어요. 저는 이 시점에서 문학이 어떤 역할을 해야
한다고 느꼈습니다."

이 대목에서 나는 카프카와의 인터뷰에서는 결코 느끼지
못했을, 현실 참여적이고 적극적인 실천가의 면모를
프랜즌에게서 느꼈다. 그는 그야말로 미국인답게 현재의 암울한
상황을 스포츠의 세계에까지 주저 없이 비유했다.

"나는 굉장히 헌신적이고 경쟁심도 강한 사람입니다. 나는 소설가의 팀에서 뜁니다. 우리 팀이 지지 않았으면 좋겠어요. 소설이 이기기를 원한다는 거죠. 현 상황에서 이긴다는 것은 생존한다는 것을 의미합니다. 그게 항상 제 야심의 첫 번째였습니다. 소설이 살아 있는 예술의 형태임을 입증하는 것!"

문학에 대한 그의 사랑은 결코 사적인 영역에 머물지 않았다. 자신의 성공 역시 혼자만의 성공으로 여기지 않는 듯했다. '소설가의 팀'이 한 골 넣어서 기쁜 것 이상으로, 이 어리석은 세상이 소설가의 직관과 통찰에 한 번이라도 귀를 기울였다는 사실을 다행스러워할 만큼 대단한 프라이드를 갖고 있었다. 그는 말한다.

"스마트폰과 페이스북이 어떻게 인간의 질문에 답을 줄 수 있겠어요? 소설가의 임무가 더 중요해진 시점입니다. 진짜 사람들을 찾아내야 하니까요."

새삼 그와 나를 둘러싼 공간을 둘러보게 된다. 주소는 맨해튼 어퍼이스트사이드. 뉴욕의 평창동쯤 된다고 할까? 하지만 그의 작업실은 소박한 공동주택의 허름한 세 평짜리 스튜디오였다. 간소한 책상 하나, 책장 하나, 그리고 본연의 기능 외에는 아무런 의미도 담고 있지 않은 듯 단순한 에어베드 하나가 전부. 아, 물론 하나 더 있다. 책상 위에 동그마니 놓인 노트북 하나. 작품에서 그가 구사하는 현란한 언어에 비해, 너무나도 간결한 작업 환경이다. 염결이랄까 혹은 결벽이랄까? 번잡한 세상을 돌아보지

않는 작가의 결기에 저절로 옷깃이 여며지려는데, 이 솔직한
남자는 눈치도 없이 또 한 번 민낯을 드러낸다.

"인터넷에 접속할 수 있는 작업실에서는 좋은 소설을 쓰기가
어려워요. 인터넷과 스마트폰은 작가의 적입니다!"

그는 인터넷의 유혹이 얼마나 강력한지, 그 달콤한 유혹 앞에
자신이 얼마나 연약한 먹이인지를 솔직하게 토로했다. 유선
인터넷 시절에는 랜선이 들어가는 입구를 진흙으로 틀어막은
적도 있고, 무선 랜을 쓰고 있는 요즘에는 노트북에서 무선
랜 카드를 아예 뽑아 버리고서야 마음을 놓는다고. 이토록
미니멀리즘적인 작업 공간 역시 어찌 보면 인터넷에 저항하려는
필사적인 몸부림의 결과물인지도 모르겠다는 생각이 들었다.
또한 인터넷으로 대표되는 바깥세상에 대한 작가의 애증이
빛과 그림자처럼 교차하고 있음을 말해 주는 건지도 모르겠다.
하긴 세상에 대한 애정과 관심이 없이 어떻게 '인생'과 '희망'을
이야기하겠는가? 결벽증적인 구도자보다는 세상의 유혹 앞에
언제나 연약한 수행자인 그가 훨씬 더 사랑스러워 보였다.

내 마음을 아는지 모르는지, 그는 자기만의 사랑스러운
도구들을 부끄러운 듯 보여 주었다. 20년째 애용하고 있는
귀마개와 소음 제거용 헤드폰. 21세기 작가가 자신을 지키는
방식이냐고 물으니, 싱그러운 미소를 짓는다. 창문 밖으로는 뉴욕
2번가 지하철 공사의 소음이 한창이었다. 창밖을 가리켰더니,
그가 어깨를 으쓱해 보인다.

## 조너선 프랜즌의 소설 창작 원칙 10

1. 독자는 친구이지, 적이나 구경꾼이 아니다.

2. 소설은 놀랍거나 미지의 것에 관한 작가의 모험이어야 한다. 그렇지 않으면 단순히 돈을 벌기 위해서 쓴 소설들이다.

3. 절대 then(그러고 나서)을 접속사로 쓰지 말고 and(그리고)를 써라. 한 페이지에 and가 너무 많이 나올 때 미봉책으로 then을 쓰는 것은 성의 없고 어조를 살릴 줄 모르는 작가나 하는 짓이다.

4. 아주 두드러지고 독특한 1인칭 화자의 목소리가 저절로 필연적으로 나오는 경우가 아니라면 3인칭 시점으로 써라.

5. 무료이고 누구나 얻을 수 있는 정보를 바탕으로 한 소설은 그 소설의 바탕이 된 자료와 더불어 평가절하된다.

6. 철저히 자전적인 소설일수록 순도 높은 창작을 요한다. 카프카의 『변신』보다 더 자전적인 소설을 쓴 사람은 없다.

7. 작가는 무언가를 집요하게 뒤쫓을 때보다 차분하고 정적일 때 더 많은 것을 보게 된다.

8. 인터넷에 접속할 수 있는 작업실에서는 좋은 소설을 쓰기 어렵다.

9. 흥미로운 동사들을 쓴다고 해도 글까지 흥미로워지는 것은 아니다.

10. 작가는 등장인물들에게 애착을 느껴야 한다. 설사 나중에 작품 속에서 그 인물들에게 무자비하게 대하더라도 말이다.

# 무엇이 한 인간을 다른 세계로 넘어가게 하는가

## 김영하

달과
6펜스

서머싯 몸

김영하의 탐독

김영하 문학의 밑천이 궁금했다.

1996년『나는 나를 파괴할 권리가 있다』를 시작으로
여섯 권의 장편소설,『호출』등 다섯 권의 단편집, 그리고
자신의 민얼굴을 드러낸 다섯 권의 산문집. 다산이다.
거의 매년 한 권, 하루 한 페이지의 속도로 작가는 우리에게
달려왔다. 그렇다면 그 다산의 자양분은 무엇이었을까?
그리고 다독과 난독(亂讀)으로 이름난 이 작가에게
'나를 바꾼 단 한 권의 책'이라는 질문이 성립할 수 있을까?
숱한 책이 각자 N분의 1이라는 지분을 주장하고 있을 텐데.
나는 그게 늘 궁금했다.

대답을 들은 곳은 뉴욕 허드슨 강 앞이었다. 작품으로도 탈낭만화된 유목민의 서사를 보여 주고 있지만, 작가 김영하는 실제 삶에서도 2007년부터 대한민국을 떠나 캐나다와 미국을 유랑해 왔다. 2009년부터는 미국 컬럼비아 대학교의 초청으로 뉴욕에서 체류 중. 잠시 고민하던 작가가 내놓은 답변은 서머싯 몸의 『달과 6펜스』였다.

## 소풍 전날, 그리고 『달과 6펜스』

허드슨 강을 따라 걸으며 우리가 나눠 마신 맥주는 새뮤얼 애덤스였다. '계절의 여왕'이라는 익숙한 관용어구도 클리셰로 느껴지지 않을 만큼 환상적인 5월의 햇볕과 습도였는데, 그의 『달과 6펜스』이야기를 듣자니, 정말 맥주 한 병 손에 들고 무작정 떠나고 싶어졌다. 작가는 중학교 2학년 때의 봄 소풍날로 거슬러 올라갔다. 잠실에 있는 신천중학교를 다니고 있을 때였다.

이렇게 시작해 보자. 이제 내일이면 꿈에 그리던 소풍날. 수업이 일찍 끝났을 것은 불문가지다. 기대에 부푼 천방지축 소년들은 모두 학교를 탈출했다. 한 학년이 열일곱 개 반, 한 반에 일흔 명씩 북적거리던 '콩나물시루' 시절이었다. 하지만 '될성부른 떡잎'이었던 중학생 김영하는 학교에 남았다. 행선지는 학교 도서관이었다. 당연히 텅 비어 있는 도서관.

국어를 가르치던 사서 선생님은 한없이 그를 기특해하며 책 한 권을 추천했다. 바로 서머싯 몸의 『달과 6펜스』. 삼중당 판본의 손바닥만 한 문고본이었다.

"엄밀하게 말해 내 인생을 바꿨다고 하기에는 어렵죠. 그보다는 나중에 작가가 되고 나서 생각해 보니, 그 책의 주인공과 내가 같은 궤적을 그리고 있는 것 같더라고요. 마치 내 인생을 예감한 듯한 책이라고나 할까요?"

『달과 6펜스』의 주인공 찰스 스트릭랜드는 무난한 주식 중개인이자 한 가족의 가장이었다. 소설 속 표현을 빌리면 "그저 선량하고 따분하고 정직하고 평범한 사람"인 것. 그런데 어느 날 갑자기 회사를 그만두고 집을 나선다. 여자가 생겨서가 아니다. 그림을 그리기 위해서였다. 예술가의 충동과 기질이 발동한 것이다.

"스트릭랜드는 낭만주의적 예술가의 전형을 보여 주는 사람입니다. 자신에게 숨어 있는 예술적 광기를 발견하고, 모든 걸 때려치운 뒤 타히티로 떠나죠. 아마 고갱이 그 모델이었을 거예요. 거의 틀림없죠. 하지만 제가 그 책을 읽고 바로 작가가 되겠다고 결심한 것은 아니었어요."

이 예민하고 자의식 강한 성격의 소유자가 책 한 권에 자신의 삶을 바꿨을 리는 없다. 하지만 시간이 갈수록, 자신의 삶은 스트릭랜드와 포개지기 시작했다. 처음부터 예상했던 궤적은 아니었다.

그는 연세대 경영학과를 입학하고 졸업했다. 일종의
타협이었다. 성적에 맞춘 진학이었고, 부모의 제안이었다.
원래 그가 공부하고 싶었던 학문은 사회학이나 심리학. 하지만
부모는 반대했다. "밥 굶기 딱 좋다."라는 것이었다. 지금 생각해
보면 사실은 다른 뜻이 있었다고 확신한다고 했다. 학생운동이
한창이던 시절이라, 부모는 아들이 데모를 할까 봐 걱정이었던
것이다. 그런 차원에서 보면 경영학은 가장 학생운동과 거리가
있는 학문이었다고 부모는 생각했던 것.

아들은 처음에는 부모의 기대대로 살았다. 대학교 3학년 때는
ROTC(학생군사교육단)까지 입단했다. 하지만 딱 거기까지였다.
작가의 탈주는 그때부터 본격적으로 시작됐다.


## 이 길이 아니다

『달과 6펜스』는 탈주의 서사다. 스트릭랜드는 가정에서
도망가지만, 김영하의 탈주는 군대에서 비롯된다. 1980년대 후반
대학을 다닌 남자라면 알 것이다. 병(兵)으로 군대에 가야 한다는
것의 공포를. 오죽하면 '노블리스 오블리주'라고 상류층의
군 복무를 의도적으로 홍보하겠는가? 대부분의 평범한 집
자제들에게 군대는 공포의 대상이었다.

당시 대학생들에게는 '전방 입소'라는 제도가 있었다. 일종의
병영 집체 교육이었다. 방학을 이용하여 1학년 때는 문무대

입소, 2학년 때는 전방에서 군대 복무 경험을 했다. 사병으로 박박 굴러야 했던 그 '끔찍했던' 입소 경험이 대학생 김영하를 결심으로 이끈다.

'이왕 군대에 갈 거면 장교로 가자!'

여기에는 집안의 특수성도 한몫했다. 작가의 부친은 보병학교 출신으로 영관급 장교까지 오른 입지전적인 인물. 육사나 ROTC 출신만이 군대에서 어깨에 힘을 주던 시절이었다. 아버지는 아들의 ROTC 입단을 적극적으로 권유했다. 여기에 "연세대 ROTC는 다른 대학보다 편하다더라."라는 주관적 편견도 어린 대학생에게는 강력한 유혹이었을 것이다. 웃으며 그 대목을 물었을 때, 김영하의 대답은 다음과 같았다.

"개뿔이 허술? 사람 잡더라!"

그렇게 사람 잡는다는 ROTC 1년 차를 마치고, 2년 차 여름방학이 됐을 무렵이다. 즉, 4학년 여름방학 때였다. 한 달 동안 부대 입소를 해야 하는 마지막 고비가 남아 있는데, 문득 '이 길이 아니다.'라는 판단이 들었다고 했다. 마치 『달과 6펜스』의 스트릭랜드처럼. 그는 '문득'이라는 부사를 썼지만, 이 결정이 충동적일 리는 없을 것이다. 자신의 회색빛 미래가 보였다고 했다. 연세대 경영학과 졸업에 ROTC 장교 출신. 아마 삼성이나 현대 같은 대기업에서 쌍수를 들어 환영했을 조건이었고, 이후에는 적당히 결혼해서 애 낳고 꾸역꾸역 살아가겠지.

숙고 끝의 결심이었지만, 당연히 난리가 났다. 아버지는

"이번만 참아다오. 다음 선택부터는 모두 다 네 맘대로 해도 된다."라며 매달렸고, ROTC 동기와 선배들은 "그 고생 다 해 놓고 왜 이제 와 그만두려 하느냐."라며 설득했다. 학교 측에서는 "대학 졸업과 동시에 이병으로 입대시키겠다."라며 으름장을 놓았다. 하지만 마음을 잃어 등을 진 김영하에게 이 모든 것은 한 편의 헛소동일 뿐이었다. 당시 그는 국악연구회 동아리 소속으로 연세대 동아리연합회 총무부장 신분이었다. 그 무렵 고려대 출신 이지문 중위의 '군 부재자투표 부정에 관한 양심선언'이 파문을 일으켰고, 김영하는 이 파문을 학교 측에 조용히 상기시켰다. 양심선언이 꼭 고대 출신에게서만 나오는 것은 아니라고 말이다.

"아마 ROTC를 계속했다면 평범한 삶을 살았을 거예요. 작가가 되었더라도 한참 뒤에나 가능한 일이었을 겁니다. 문단을 봐도 사회생활을 오래 했던 박현욱이나 박민규 같은 작가들은 굉장히 늦은 나이에 등단했잖아요. 그때 스트릭랜드처럼 무작정 그만두지 않았다면 내 등단도 한참 늦었을 거예요."

충동과 광기에 휩싸여 예술가의 길을 선택한다는 것은, 사실 가족의 시선으로 보면 참을 수 없이 무책임한 일이기도 하다. 허드슨 강 벤치에 앉아 이날 그가 털어놨던 자신의 탈주는, 부모와 집안 입장에서 보면 참으로 견디기 어려운 순간이었을 것이다. 경북 고령 출신인 그의 집안에서 사촌 형제까지 포함해 대학에 진학한 또래는 김영하 한 명뿐이었다고 했다. 그가

'가문의 영광'이자 집안의 기대를 한 몸에 받는 존재였음을 짐작하기란 그리 어렵지 않다. 그런 상황에서 ROTC 탈퇴는 집안에 대한 일종의 '배신'으로 보였을지도 모른다.

다시 서머싯 몸과 『달과 6펜스』로 돌아오자. 평범한 사람으로 살아가는 것처럼 보였지만, 우리의 주식 중개인 김영하에게는 마음속에 정신적 에일리언 하나가 자리를 잡고 있었던 것이다. 시간이 지난 뒤, 언젠가는 심장을 뚫고 나올 에일리언이.


## 나에게는 고향이 없다

그의 등단은 1995년이었다. 「거울에 대한 명상」이라는 단편이었다. 예나 지금이나 대한민국에서 소설을 써서 생계를 유지하기란 지난한 일이므로, 그는 아르바이트를 찾았다. 연세 어학당 한국어 교사. 외국인 학생들에게 한국어를 가르치는 일이었다. 1996년이었는데, 그곳에서 지금의 아내를 만난다. 입사 동기 강사이자 학교 3년 후배였다. 여성이 많은 집단이었다. 가령 강사 100명이 있다고 하면, 95명이 여성 강사였다.

"연세대 대학원까지 졸업한 재원이 많았어요. 월요일부터 금요일까지 하루 네 시간을 꼬박 강의해야 했으니까, 사실 아르바이트라기보다는 정규 직업에 가까웠죠. 한 4년 정도 했나? 나로서는 가장 오래 했던 직장 생활이라고 할 수 있어요."

재능과 문운이 겹치면서, 그는 가장 명민하고 예민한

한국문학의 전위 중 한 명으로 인정받았다. 2004년에는
동인문학상, 황순원문학상, 이산문학상 등 문학상 세 개를
한꺼번에 받으며 이른바 '문학상 그랜드슬램'을 달성하는 기염도
토했다. 그해부터 한국예술종합학교 교수로 학교에서도 문학을
가르쳤다. 라디오 책 관련 프로그램 고정 진행자가 된 것도 그
무렵이었다. 문단 이력 초반 10년을 놓고 보면 절정기라고 할
만한 시점이었다.

그런데 다시 그 문제의 에일리언이 고개를 쳐들기 시작했다.
"할 때는 재미있었는데, 오래는 못 하겠더라."라는 그 기질.
2007년에 전광석화처럼 교수직을 그만뒀고, 진행자 자리도
미련 없이 내놓았다. 마침 캐나다 브리티시컬럼비아 대학교의
브루스 풀턴 교수가 초청을 해 준 참이었다. 2009년 여름부터는
컬럼비아 대학교 초청으로 뉴욕에 둥지를 틀었다. 한국
작가로서는 유례없는 해외 유랑의 시사가 시작된 것이나.

공식적인 탈주는 ROTC가 시작이었지만, 유년의 무의식까지
거슬러 올라가면 조금 다른 기원이 있다. 2011년 겨울, 나는
이 작가와 멕시코 여행을 함께한 적이 있다. 과달라하라 국제
도서전이 열리고 있었는데, 그는 자신의 문학 강연회 자리에서
유년의 상처 하나를 꺼냈다. 열 살에 연탄가스 중독 사고를 당해
사고 이전의 기억을 잃었다는 것이다.

요즘 세대에게는 요령부득의 이야기로 들리겠지만,
1970~1980년대 대한민국 수도 서울의 평균적인 난방 방식은

연탄보일러였다. 아버지가 부대에서 숙식을 하던 시절, 단칸방에서 자던 어머니와 소년 김영하는 연탄가스에 중독돼 정신을 잃었고, 아침이 되어서야 집주인에게 발견돼 병원으로 실려 갔다고 했다. 고압 산소통에 들어가서야 겨우 정신을 차릴 수 있었다는 것이다.

지금 그가 가지고 있는 유년의 기억은 타인의 기억에 기초해서 재구성된 것. 사고 이전의 기억을 잃은 김영하는 그 이후에도 늘 "나에게는 고향이 없다."라고 말하곤 했다. '탈낭만화된 유목민의 서사'라는 표현 역시 그런 맥락이다. 기억이 없다는 것은, 고향이 없다는 것은, 작가에게 어떤 영향을 끼칠 것인가? 어찌 보면 이 무책임하고 충동적인 탈주 역시 그 백지 같은 기억에서 비롯된 것은 아닐까?

직업군인이었던 아버지는 숱하게 근무지를 옮겨 다녔고, 소년 김영하는 초등학교 시절 여섯 번의 이사와 여섯 번의 전학을 했다고 한다. 정주하지 못하는 삶, 학교 도서관이 아니라 진중 문고가 더 익숙한 삶이었다.

그는 어려서부터 셜록 홈즈와 쥘 베른을 좋아했다. 쥘 베른에 대한 일화 한 토막이 있다. 『해저 2만 리』의 작가라면, 전 세계 곳곳을 분방하게 누볐어야 할 것 같지만, 이 작가는 우리의 허를 찌른다. 평생 조국 프랑스를 떠나 본 적이 없었던 것. 아, 유년 시절, 유럽 일주를 꿈꾸며 부모에게 얘기하지 않고 가출을 한 적이 있기는 하다. 하지만 뒤쫓아 온 부모에게 마르세유에서

잡히고 말았다. 그리고 사정없이 두들겨 맞았다고 했다. 『해저 2만 리』는 결국 모든 게 상상 속의 일기였던 셈이다. 수많은 소년이 『해저 2만 리』를 읽고 나서 가출 청소년이 되었지만, 정작 작가 본인은 죽을 때까지 조국을 떠나 본 적이 없다는 희극적 아이러니.

김영하 역시 쥘 베른의 후예였다. 그의 장편 『검은 꽃』도 거칠게 요약하면 먼 곳으로 떠나 살아남은 사람들의 이야기다. 낭만이라고는 어림 반 푼어치도 없는 유목민의 서사. 『달과 6펜스』의 주인공 스트릭랜드처럼, 모든 것을 버리고 떠나는 삶의 반복이었다.


### 이해할 수 없는 것들을 이해하기 위하여

어찌 보면 불가항력의 DNA일 것이다. 유달리 장기화하는 해외 체류에 대해 그는 조증과 울증에 빗대 얘기한 적이 있다. "조(躁)를 다스리기 위한 외국 생활"이라는 것이다. 그는 자칭 ADHD(주의력결핍 과다행동장애) 환자라는 얘기도 했다. 날씨가 좋으면 무조건 뛰쳐나가는 소년이었고, 지금도 그렇다는 것. 작가는 열여덟 가지 빗소리를 들을 수 있는 스마트폰 애플리케이션 이야기를 했다. 화창한 날씨에는 이어폰을 꽂고 빗소리를 들으며 소설을 쓴다. 한예종 교수 시절(2004~2007년)에는 아예 창이 없는 연구실에 있었다고 했다.

조증이 심한 상태에서는 늘 '일'을 저지른다. 스페인 어학연수를 신청한다거나, 값비싼 카메라를 충동적으로 구매한다거나, 무모한 출판 계약을 한다는 것. 그는 발자크 이야기를 예로 들었다. 조증일 때 출판사 인수해서 사업한다고 다 말아먹고, 결국 울증에 빠져 빚을 갚기 위해 소설을 썼던 발자크.

"해외에서 글 쓰는 것? 불편하다."

그런데도 늘 떠난다. 과도한 명랑을 다스리기 위해. 우울해야 쓸 수 있으니까.

그 우울의 기원과 관련한 또 하나의 일화가 있다. 어쩌면 그의 다중적 심리 기제를 이해할 수 있는 키포인트. 역시 과달라하라에서 밝혔던 내용이다.

10대 초반, 김영하는 DMZ(비무장지대) 근처에서 살았다. 당시 아비지는 중령으로 진급해 있었고, 대대장 신분이있다. 주지하다시피 DMZ는 민간인보다 군인이 더 많은 곳. 게다가 대부분이 지뢰밭으로 이뤄진 곳이었다. 그는 "부대 안의 관사 안에서 살았다."라고 했다. 밤이 깊으면 멀리서 아련한 폭발음이 들려오는 곳. 사실은 휴전선을 뛰어다니던 노루가 지뢰를 밟고 폭사하는 소리지만, 잘못 들으면 마치 동네 아이들이 쏘아 대는 불꽃놀이용 화약 소리처럼 들리는 곳.

그 DMZ에 대해서 김영하는 이렇게 요약한다. "연극적인 삶과 집단 신경증, 서로를 향한 희극적이고 원시적인 적의, 그러면서

서로를 모방하려는 미메시스적 충동이 가득한 곳"이라고.

작가는 '땅굴'에 관련한 에피소드를 소개했다. 1980년대 학번들이 초등학교 다니던 시절, 땅굴은 북한의 기습 남침을 위해 만들어진 터널이었다. 지하에서 들려오는 소리를 이상하게 여긴 남한 측은 석유를 시추하듯 대리석 봉을 박아 땅굴의 존재를 탐지하였고, 그것을 확실히 하기 위해 반대쪽에서 땅굴을 파기 시작했다. 그래서 결국 남과 북의 두 땅굴은 중간에서 만나게 되었다는 것. 땅굴의 발각을 알게 된 북한 쪽 기술자들은 공사를 중단하고 달아났고, 남한에서는 그들이 버리고 간 땅굴을 북한 비난 도구로 사용하기 시작한다. 하지만 북한에서는 역으로 이 땅굴을 남한에서 판 것이라고 주장한다. 당연히 주장과 반박이 밀물과 썰물처럼 갈마들었고, 한국군은 아예 포상금을 내걸고 땅굴을 찾기 시작했다. 그의 표현에 따르면 '골드러시'가 아니라 '터널 러시'가 벌어지기 시작한 것이다. 비무장지대 근처에 사는 주민들은 조그만 진동이라도 느껴지거나 땅속에서 무슨 소리라도 들려오면 땅굴이라고 의심하기 시작했다. 일종의 '집단적 신경증'. DMZ는 그런 땅인 것이다.

그 집단 신경증과 경계의 혼란 역시 작가 김영하를 만들어 낸 씨앗 중 하나가 아니겠는가?

그는 또 하나의 에피소드를 공개했다. 그 당시 아버지의 동료였던 육군 중령 한 사람이 자기 운전병을 데리고 북한으로 넘어가는 사건이 발생했다는 것. 그는 이 사건을 "당시 남한에서 일어날 수 있는 가장 비극적인 일 중의 하나"라고 했다. 차라리 지뢰를 밟고 죽었으면 그 가족으로서는 다행이었을 거라는 얘기다. 차라리 상관을 쏘아 죽였더라도 그 가족으로서는 다행이었을 거라는 것. 하지만 휴전선을 넘어 북한으로 간 것은 글자 그대로 비극이었다. 그때 양 진영은 귀순자가 발생하는 즉시 거대한 스피커를 통해 이 사실을 상대방에게 알렸다. "반공 독재의 시대에 월북은 가족에게 내려진 사회적 사형선고"였다는 것이다.

작가 김영하는 묻는다.

"무엇이 한 인간으로 하여금 자기가 가진 모든 것을 버리고 빈손으로 다른 세계로 넘어가게 하는가? 우리는 왜 죽음 이후의 세계로 자발적으로 넘어가는가? 그리고 그 이후의 세계에는 과연 무엇이 있는가? 무엇이 있는지 모르면서도 단지 지금 여기에 살기 싫다는 이유만으로 그곳을 향해 출발할 수 있는 것일까?"

『달과 6펜스』의 스트릭랜드 이래, 김영하는 자신의 고향에서 한참 멀리 와 있다. 고압 산소통에 의존해 살아난 유년, 가장 고생스러운 시기를 잘 참아 낸 뒤 중도에 그만둔 ROTC, 가장 주목받던 시절에 포기한 대학교수, 그리고 조국까지. 그의 말대로 자신의 발밑에 있을지도 모를 길고 음험한 땅굴, 멀리서 들려오는 지뢰의 폭발음, 상관과 운명을 함께했을 스무 살짜리 운전병. 분명한 것은 아무것도 없고, 행위는 이해할 수 없으며, 존재는 오리무중이다. 운명은 물음표 속에 갇혀 버리고, 작가는

그 물음표를 문장으로 바꾸고 이해할 수 없는 것들을 이해하기
위하여 오늘도 소설을 쓴다.

읽을 때마다
다르게 다가오는,
그런 가벼움

소설가

김중혁

참을 수 없는
존재의
가벼움

밀란 쿤데라

김중혁의 탐독

어려서부터 작가의 꿈을 가지고 결국 그 꿈을 이뤄 낸
소설가가 있는가 하면, 김중혁은 '뭐라도 되겠지.'라는
세계관으로 시작해 작가가 된 캐릭터다. 요즘 젊은 세대들의
자조적 유머가 "이번 생은 아닌가 봐."라는데, 이런 세계관
때문인지 김중혁은 자신보다 더 젊은 세대들의 각별한
지지를 받고 있다. 자신보다 디 나을 깃도 없는 지방대
국문과 출신, '아니면 말고.'라는 마음가짐, 모범생이나
'엄친아'와는 5000광년 이상 떨어져 있을 것 같은 삶의
태도. 그런데도 분방하고 유쾌하게
김중혁은 달리고 있다.

"내가 삶을 어떻게 바꿔?"

'나를 바꾼 책, 내가 바꾼 삶'을 그에게 화두로 제시했을 때, 김중혁은 퉁명스럽게 툭 뱉었다. 얼마 전 펴낸 그의 산문집 제목은 '뭐라도 되겠지'. 제목과 수미쌍관을 이루는 일관성 있는 퉁명이다.

이 주제로 작가를 만났을 때, 김중혁은 프랑스를 막 다녀온 참이라고 했다. 비행기 타기의 괴로움으로 그는 말을 시작했다.

"사후 체험을 하는 것 같아요. 비행기에서 잠을 잘 못 자거든. 유체 이탈된 것 같은 기분이랄까? 멍하니, 내가 나를 바라보는 느낌. 뼈가 너무 아파요. 비즈니스석으로도 안 될 것 같아. 전용기라도 하나 사야겠어."

투덜거리던 작가가 '나를 바꾼 책'으로 꺼내 놓은 것은 밀란 쿤데라의 『참을 수 없는 존재의 가벼움』이었다. 시간의 퇴적이 느껴지는 책이었다. 낡고 퇴색했으며 너덜너덜한 표지. 민음사에서 펴낸 책으로 1988년 초판인데, 그는 20쇄를 찍은 책을 가지고 있다.


쿤데라를 만나다

김중혁이 이 책을 처음 만난 때는 1991년. 그가 89학번이니 대학 3학년 때라야 맞지만, 그때 그는 휴학 중이었다. 그런데 문학을 좋아하는 주변 친구 모두가 이 책 이야기를 했다고 한다.

경북 김천에서 초등학교와 중학교를 같이 다닌 소설가 김연수도 그중 한 명이었다. 다들 그 책 이야기를 하길래, 자신은 "그냥 멍하니 있었다."라고 했다.

"2학년 마치고 군대 가려고 휴학을 했거든. 친구들과 술 마시는데, 다들 이 책 이야기를 하네. 나는 멍하니 있었지, 뭐. 김연수가 그러더라고. '이 책도 안 보다니.'"

그리고 시간이 지나 군대에 갔다. 의무병으로 보직을 받았는데, 야행성이었던 그에게는 밤이 너무 길었다. 오지 않는 잠을 포기하고, 침낭 속에서 랜턴을 켜 놓은 채 놀았다. 사회에서는 행동 패턴이 새벽 3~4시쯤 잠자리에 드는 것이었는데, 밤 10시면 취침이었으니 억울할 만도 했으리라. 그렇게 뒤척이다가 새벽에 겨우 잠들면 곧 기상 시간이었다. 못 일어난다고 철모로 두들겨 맞았다. 결국 김중혁 이병은 잠을 포기했다. 그리고 집에 연락해 책을 좀 보내 달라고 했다.

그때의 사소한 에피소드를 기억하며 김중혁은 즐거워했다. 아직 권위주의 정권이 힘을 휘두르던 시절, 집에서 보내온 책은 소대장의 '검열'을 통과해야만 사병의 손에 들어갈 수 있었다. 작가는 『참을 수 없는 존재의 가벼움』에 적혀 있는 소대장 사인을 보여 줬다.

"이 책이 불온서적인데, 우리 소대장이 그걸 몰랐네. (웃음)"

그렇게 구한 책을 침낭 속에서 랜턴을 켜고 읽었다. 보초를 나가서도 책을 읽었다. 사수 한 명과 2인 1조였는데, 사수는

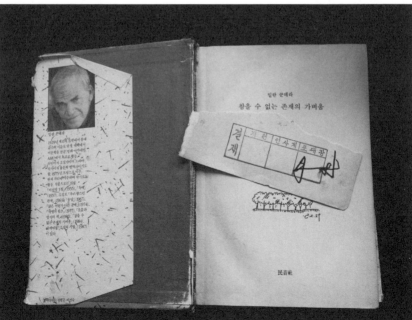

자고 조수 혼자 보초를 서던 시절이었다. 강원도 철원. 불빛은 자신의 군복 견장에 끼워 넣은 랜턴 하나. 주변의 유일한 소리는 오직 풀벌레의 삐리리리. 존재 자체에 대한 고민이 이 책의 주제이기도 했지만, 그런 주제가 아니더라도 인간 존재에 대해 고민을 할 수밖에 없는 조건이었다.

"군복에 책을 끼워서 들고 나가. 탄약창을 지키는 외곽 근무인데, 사람은 당연히 아무도 없지. 누가 탄약을 훔치러 오겠느냐고. 최전방도 아니고 말이야. 보초 잘 서고 있나 보려고 가끔 점검하러 나오는 윗분들밖에 없지. 그래서 졸병 때 이 책을 읽게 된 거야. 견장에 플래시 하나 꽂고 책을 보면, 형설지공이 따로 없어요. 시간 정말 잘 가. 섹스 장면도 많이 나오잖아. (웃음) 읽고 또 읽고. 그러니 이렇게 너덜너덜해졌지. 껍데기가 남아 있는 게 신기하다니까. 나갈 때는 표지는 빼고, 본책만 들고 나갔지. 강원도 철원의 아무도 없는 어둠 속에서."

그렇게 군대에서 『참을 수 없는 존재의 가벼움』을 아홉 번 읽었다.


## 야한 묘사가 나를 소설가로 이끌었다

의무병이었던 그는 군대에서만 백 권 넘게 책을 읽었다고 했다. 낮에는 '시체'가 되어 있지만, 다들 잠을 자는 밤이면 그는 늘 초롱초롱했으니까. 시간은 많고 읽을 책은 부지기수였다.

"의무병이 널널하기도 하지만, 우리는 내무반 생활이 아니라 별도의 막사 생활을 했거든. 또 군대에서 환자는 언제나 있기 마련이어서, 24시간 풀가동할 수밖에 없는 조건이지. 그러니까 책 보기가 좋잖아."

고참이 되었을 때는 시간이 더 많아졌다. 행복한 독서 환경이라고 말할 수밖에.

결국 소설을 읽다가, 소설을 쓰기 시작했다. 주변 부대원들의 기대가 기폭제가 됐다. 첫 소설의 테마는 '세상의 끝을 향한 남녀의 모험소설'이었지만, 내용은 결국 군인을 위한 성애 소설. '준비된 독자'들은 '폭발'했다. 수위가 그렇게 높지 않아도, 반응은 열광적이었다.

"내가 의무병이니까 타자기가 있었는데, 한 회 분량을 타자로 쳐서 돌리는 거지. 담배 한 갑 받으면 두 회를 연재해요. 굉장히 야한 이야기를 써서 독자들을 만족시키지. 사실 대충만 야해도 준비된 독자들이니까, 폭발해요."

한 회분 대여료가 담배 한 갑이었는데, 보루 단위로 쌓여 갔다. 쌓여 가는 담배를 보며 결심했다.

'저들을 성적 쾌락으로 인도하리라.'

그때 생각했다.

'갇힌 환경 속에서 사람은 이야기를 상상할 수 있구나. 쓰는 사람뿐만 아니라 읽는 사람도 그렇구나.'

유머를 한 스푼 넣어 정리하자면, 김중혁의 소명 의식은 이타주의에서 비롯되었다. 동료 부대원들에게 기쁨과 즐거움을 주겠다는 작은 소망이 그를 지금의 작가로 이끌었다.


## 자신의 삶은 누가 바꾸는가

『참을 수 없는 존재의 가벼움』을 아홉 번 읽었을 때, 책은 그때마다 다르게 다가왔다. 처음에는 연애소설, 두 번째 읽으니까 철학소설. 세 번째 볼 때는 소설을 어떻게 쓰는가에 대한, 말하자면 소설 작법에 대한 소설. 크게 세 가지 창이었는데, 또 한 번 읽으니까 다시 연애소설로 읽혔다고 한다. 어쩌면 연애소설이라는 창 안에 이 모든 것이 다 함께 들어 있는지도.

대학의 국문과로 그를 인도했던 건, 이성복과 황지우였다. 처음에는 이 수다스러운 작가 역시 시인 지망생이었던 것. 하지만 생각 외로 시의 진도는 잘 나가지 않았고, 국문과에 온 것을 후회하기까지 했다.

하지만 군대에서 쿤데라를 읽으며 소설로 전향했다.

작가에게 "당신은 소명 의식이 있는 작가인가?"라고 물었다. 그는 뜨악한 얼굴로 "소명 의식이 뭔데?"라고 반문했다.

"왜 작가가 되고 싶었나?"라고 다시 풀어서 물었다. "부대원들 즐겁게 해 주기 위해서로는 만족이 안 되나?"라며 그가 웃는다.

그는 소설을 쓰는 게 결국은 자기 자신을 위한 일 같다고 했다. 마지막 세대이긴 하지만, 그도 1980년대 학번인 터라,

대학교 1~2학년 때는 나라와 국가를 위한 소명 의식을 생각한 적이 있다. 하지만 사회를 변혁하는 건 문학으로 할 수 있는 일이 아니라고 생각했다. 결국 누군가에게 파문을 일으키는 소설이 아니라, 나를 만족하게 하는 소설을 쓸 수밖에 없다는 생각.

롤 모델까지는 아니었지만, 그렇게 레이먼드 카버나 커트 보니것 같은 작가들을 좋아했다. 그의 표현을 빌리면 인간이라는 '종자'에 대한 이야기, 사소한 이야기, 우주에 관한 이야기. 소설에 접근하는 소재와 주제를 보니것에게서 배웠다.

그는 자기 자신이 의식적으로 삶을 바꾸는 건 아닌 것 같다고 했다. 김중혁을 바꾸는 건 사소한 삶의 재미들이다. 재미있다고 생각해서 그걸 시도하다 보면, 새로운 걸 알게 되고, 새로운 걸 알게 되면 자연스럽게 삶도 조금씩 바뀐다는 것.

"내가 삶을 바꾸는 건 아닌 거 같고, 내가 나를 계속 바꾸니까 자연스럽게 내 삶도 바뀌는 것 같아. 만약 내가 삶을 바꾼다면, 10년 뒤 20년 뒤에 이런 이런 작가가 되겠다고 결심하고 실천하는 거잖아. 이런 식으로 업적을 세워서 사는 게 삶을 바꾸는 거라고 할 수 있겠지. 하지만 내가 나를 바꾼다는 건, 내가 지치지 말고 재미있어야만 즐겁게 살 수 있다는 거지. 그래서 나를 가만히 두지 않고 계속 새로운 걸 해 보게 해요. 그러면서 내 삶이 바뀌는 것 같아. 이 둘은 다른 것 같아."

그는 "6개월 이후의 삶의 계획을 세워 본 일이 단 한 번도 없다."라고 자랑스럽게 말했다. 그림을 배울 때도, 영상 작업을 배울 때도, '이걸로 뭘 해야지.' 하는 생각을 해 본 적이 없다는 것. 직업을 얻기 위해 기술을 배운다든지, 생계를 위해 글을 쓴다든지 하는 생각을 하지 않았다. 내가 삶을 바꾸는 게 아니라, 내가 나를 바꾸니까 삶이 바뀐다는 게 이 작가의 생각이다. 비관주의자는 기대치가 낮기 때문에, 조금만 좋은 일이 생겨도 행복해한다는 말이 있다. 이 명제를 제시하자, 그는 자신이 '무관주의자'라고 했다. 관점 자체가 아예 없다는 것. 낙관이라는 것도 사실은 미래에 대한 예측 아니냐면서. 빡빡한 세상을 살아 나가는 데는 유리한 유전자일 수도 있겠다. 불만 자체가 아예 없으니까 말이다.

하루하루는 성실하고 인생 전체는 되는 대로. 어쩌면 그런 세계관 말이다.

"지난 40년을 돌아보면 '아, 어떤 삶이었구나.' 이런 생각을 하지. 하지만 달리는 그 순간에는 내가 어떤 속도로 달리는지 잘 몰라. 계획은커녕, 나는 결정적으로 뒤를 잘 돌아보지 않아. 어떤 일을 했는지도 안 봐. 회한에 잠겨서 돌아본다는 생각 자체를 안 해요. 성공 관련 책을 보면 '내가 어떤 사람일지 상을 그리고, 그것에 가깝게 하기 위해서 나를 발전시켜 나간다.' 뭐 이런 이야기를 하잖아요. 그런데 상이 없어, 나는."

## 내 이야기로 무얼 할 수 있을까

이 작가에게 소설을 쓰게 하는 힘은 결국 무엇일까?

그는 '재미'라는 표현을 썼다. 대학 시절 교내 문학상에서 작은 상을 하나 받은 뒤, 그는 처음으로 자신의 재능에 대한 작은 믿음 같은 게 생겼다고 한다. 시작은 그러했다. 하지만 이 작품을 가지고 데뷔를 해 보고 싶다거나, 그 이후에는 어떻게 될 것이라거나, 이런 생각은 없었다고 한다. 작가로서 지닌 긴 안목에서 비롯된 소명 의식 말고, 짧은 순간 작품 하나 완성하고, 그게 완결체가 된 것을 바라보는 부모의 마음이랄까? 그 순환되는 과정을 지켜보는 게 즐거웠다. 장편 하나를 완성하면, 하나의 세계를 완성한 것 같아 만족하고, 또 해 보고 싶고, 그 마음이 여기까지 왔다.

주지하다시피, 그가 소설만 쓴 건 아니다. 일러스트 작가, 인터넷 서점, 그리고 잡지기자도 했다.《베스트 레스토랑》, 《트래블러》, 지금은 이름도 기억 안 나는 축구 잡지까지.

"그런데 내 문제는 뭐냐면 2년만 뛸 하면 지겨워진다는 거예요. 처음에는 재미있어서 시작했는데 말이지. 잡지는 소위 '나와바리'를 잡으면 6개월이면 파악이 돼. 누가 여기서 '대빵'이고, 누구를 잡아야 취재를 할 수 있고, 그러면 새로운 게 없어. 그런데 소설만은 그렇지 않은 것 같아. 여전히 재미있지."

김중혁이 해 본 일 중에 '크라임 스토퍼'라는 것도 있다. 범죄자 프로필을 공개하는 경찰청 사이트의 한 업무였다.

시민들의 신고를 독려하는 프로그램. 카툰도 자신이 직접 그렸다. 외국에서는 성공한 모델이었는데, 국내에서는 도입하다가 엎어져 버렸다. 어쩌면 김중혁의 이름을 전혀 다른 분야에서 발견할 기회도 그때 사라졌다.

일러스트 작가로서의 시작은 이러하다. 원고 청탁이 없어서, 너무 심심한 나머지 김중혁 홈페이지를 만들었다는 것. 그 홈페이지의 이름이 첫 소설집 제목이 된 '펭귄뉴스'다. 당시 스노우캣 등이 그린 그림일기가 유행한 시절이었는데, 독학으로 프로그램 홈페이지 만드는 법을 배웠다. 그리고 그림일기를 매일 올렸다. 그러다 보니 삼성 사외보 만드는 곳에서 연락이 온 거다. 연재를 해 보자고. 김중혁이 물었다.

"왜 나한테?"

대답은 그림은 잘 못 그리는데, 뭔가 다른 것 같다는 것이었다. 종이에 그려서 스캔한 뒤 홈페이지에 올리는 시절이었다. 청탁한 사람들이 오히려 태블릿과 펜마우스를 주면서, 이걸 배워 보라고 했다. 그렇게 컴퓨터로 그림 그리는 법을 배웠다.

"사실 지금도 잘 몰라. 내가 혼자서 필요한 것만 배우는 거지. 모르는 게 너무너무 많은데, 내가 쓸 수 있는, 그리고 필요한 기능만 알아. 그때그때 배워서 써먹는 거지. 나는 내가 표현하고 싶은 걸 어떻게 표현하는지는 아는 것 같아요. 포토샵 잘하는 사람이, 창작 능력도 좋은 건 아니잖아. 기능을 잘 안다고 해서 표현을 잘하는 것도 아니고. 나는 적응은 빨랐던 것 같아요."

작은 에피소드지만, 그의 친형도 일러스트 작가다. 경북 김천에서 보낸 어린 시절, 그의 형은 미대를 갔다. 사실은 중혁도 미대에 가고 싶었다. 하지만 시골 중소 도시에서 형제 둘을 모두 미대에 보낸다는 건 웬만한 재력으로는 쉽지 않은 일. 그는 "불가능했다."라며 단칼에 말했다. 그래서 미대를 포기했다.

부모님 처지에서는 미안할 수도 있겠다 싶었다. 하지만 반대로 김중혁 세대의 처지에서는 전혀 다른 생각을 할 수도 있다. 지금까지 이야기했던 '소명 의식'과 관련해서.

작가는 이렇게 말했다.

"개인적인 특성일 수도 있지만, 어릴 때 뭘 하고 놀았는지가 되게 중요한 것 같아. 나는 89학번이에요. 또래들이 좋았어. 중학교 때는 열심히 놀았던 것 같아. 우리 때는 학원을 가야 한다든지, 이런 게 없잖아. 해야 할 일이 많지 않았어. 그냥 놀았지. 특별히 사회에 대한 그런 의식보다는, 시골 애들처럼 살았어. 그러다가 고등학교 가서 대중문화 영향을 많이 받았지. 친구들과 음악 듣고, 영화 보고. 사회를 바라보는 내 의식에는 그게 더 큰 영향을 줬어요."

'어쩌면 이 세대가 대중문화의 세례를 받고 예술을 시작한 첫 세대가 아닐까?' 하는 자문을 해 봤다. 가령 그 이전에 '창비'와 '문지' 혹은 사회변혁과 순수 예술, 이렇게 나뉘던 시절이 있었다고 한다면, 1980년대에서 1990년대로 넘어가던 시절, 사회변혁도 아니고 순수 예술도 아니고, 나 자신의 만족을 위해

예술을 한 시대가 출범한 게 아니겠냐고 말이다. 내가 좋아하는 사람에게 즐거움을 줄 수 있다면, 그걸로 됐다고 시작하는 첫 세대가 아니겠냐는 것. 그게 89학번 이전과 그 이후 세대로 대표되는 구분이 아니겠냐는 것. 하지만 꼭 그것만은 아닌 것 같다고 했다. 작가마다 조금씩 다른 것 같다는 것.

이야기를 이어 갔다. 현실 사회에서 문학이 차지하는 역할이 크게 줄면서, 이 사회에 문학이 크게 필요하지 않은 것 같다고 화제를 꺼냈다. 그런 상황 속에서 작가는 어떻게 해야 하나?

김중혁은 웃으며 "나나 잘하자."라고 대꾸했다.

"내가 사회변혁이나 소설과 사회의 이야기를 하기에는 자격이 없어. 지금까지 말했듯이 나는 내 즐거움으로 만족하는 작가야. 하지만 고민은 늘 하지. 내 이야기로 뭘 할 수 있나. 만족인가, 여흥인가? 그런 생각을 하는 자체가 여정이야. 고민하게 되지. 전에도 말한 적이 있지만, 단편은 질문을 하고 싶어 하는 장르고, 장편은 어떻게든 재미있는 이야기를 만들어 보자, 이런 장르라고. 그 둘 사이를 왔다 갔다 하면서, 긴장감을 유지해 보고 싶은 것이 내 소망이야."


## 7개월 동안의 충일한 삶

무명작가 시절, 김중혁은 7개월 동안 '바른 생활 소년'의 삶을 산 적이 있다. 아침에 일어나서 오전에는 소설 쓰고, 오후에는 도서관에 가서 책을 읽었다. 저녁때는 매일 5~10킬로미터를 달렸다. 첫 책이 출간되기 전이었고, 누구도 청탁한 적 없는 전작 장편소설을 스스로 쓰던 시절이었다. 그렇게 7개월을 보내자 장편소설이 완성됐고, 머릿속은 더할 나위 없이 풍성해졌으며, 몸은 딴딴해졌다.

'이렇게 살면 정말 즐겁겠구나.'

그렇게 생각했다. 그는 그 쾌감이 지금의 자신을 버티게 해 주는 것 같다고 했다. 나름대로 바쁜 작가가 된 지금, 그는 '자신이 쓰고 싶은 글보다 남들이 자신에게 바라는 스타일의 글을 쓰는 게 아닐까?' 하는 의심을 할 때가 있다. 언젠가 읽었던 배우 하정우의 인터뷰처럼. 그 인터뷰 속에서 하정우는 "어느 순간 이후, 내가 표현하는 게 아니라 사람들이 내게 바라는 걸 연기하는 것 같다. 그래서 그림을 그린다. 그 속에서는 내가 표현하고 싶은 걸 마음대로 표현할 수 있으니까."라고 말했다. 내 것을 완전히 표현하는 쾌감. 김중혁에게는 그게 소설이다. 무라카미 하루키도 아니고, 자신이 쓰고 싶은 글만 쓰며 살 수는 없는 거지만, 그 7개월의 충일한 삶이 작가 김중혁을 버티게 해 주는 씨앗이요, 에너지다. 산문을 쓸 때건, 일러스트레이션 청탁을 받을 때건, 소설가라는 자의식을 잊은 적은 없다.

"나는 이야기를 만드는 사람이고, 그걸 잘하는 게 내 궁극적 소망이니까."

그는 "책은 길을 만들어 주지 않는다."라고 말했다.

책은 삶을 바꾸지 않지만, 대신 뭔가를 살짝 바꾼다는 것이다. 아주 조금씩. 큰 게 바뀌는 게 아니고, 한 권 읽고 나면 마음의 위치가 0.5센티미터 정도 살짝 옮겨지는 것 같다고 했다. 그 정도 바뀌는 게 좋은 것 아닐까?

"누가 내 책을 읽고 나서 '나의 인생을 바꿨어.' 이렇게 말하기보다는, 다 읽고 나면 살짝 바뀐 것 같은 것. 뭐가 바뀌었는지 모르겠지만, 그게 좋은 것 같아. 그게 문학인 것 같아."

김중혁은 소설이 위로라고 말하지만, 자신은 다르게 생각한다고 했다. 위로가 아니라, 위로하는 법, 위로받는 법을 배우는 장르라는 것이다. 어떻게 공유할 수 있는가를 가르쳐 주는 것. 바꾸는 걸 가르쳐 주는 장르가 아니다. '내 책을 보고 이렇게 위로받을 수 있구나.' 하는 생각을 하면 감사하다고 했다. 그게 김중혁이 생각하는 문학의 기능이다.

# 홀로 즐거워하며 반복해서 쓰고 읽은 이야기

영화감독

김대우

로빈슨
크루소

대니얼 디포

1급 시나리오 작가이자 영화감독인 김대우의
책과 욕망을 이해하기 위한 키워드 중 하나는 '집'이다.
유년기와 청소년 시절, 그의 집은 삼선교의 특이한
가옥이었다. 장성으로 예편한 아버지가 군의 선후배들이
모여 살던 동네에 마련한 집. 건축가는 무슨 생각을 했던
것일까? 방 안에 문을 열면 또 하나의 방이 나오고,
그 방에 들어가 문을 열면 또 하나의 방이 있는
양파 껍질 같은 구조. 중학생 김대우는 그 양파 껍질 안에
기어들어 가『로빈슨 크루소』를 읽고 또 읽었다.
그곳은 혼자만의 쾌락을 위한 독서의 온상지였다.

쉰이 넘은 지금, 김대우 감독의 집은 서울 강남구 역삼동에 있다. 자신이 직접 지은 집이다. 한국의 안도 다다오를 꿈꾸며 노출 공법으로 지은 이 건물은 마치 독서를 위한 벙커 같았다. 누구에게 방해받지 않아도 좋을 사유의 벙커. 쾌락을 위한 독서가 있다면, 사유를 위한 독서도 필요할 것이었다.

## 모공이 열리게 만드는 쾌락, 『로빈슨 크루소』

한때 그는 『로빈슨 크루소』를 500번 가까이 읽었다고 고백한 적이 있다. 그렇지만 '나를 바꾼 책'으로서는 아니었다. 대신 "모공이 열릴 만큼 음험한 쾌락과 욕망을 만족시킨 책"으로 표현했다. 하지만 그렇더라도 어떻게 같은 책을 500번이나 읽을 수 있을까? 호기심은 그 대목에서 싹을 틔웠다.

초등학교 3학년 때였다. 소년 김대우는 '권장 도서'라고 쓰인 책 한 권을 누나 방에서 발견했다. 고등학생 누나의 독후감 숙제 목록. 대니얼 디포의 『로빈슨 크루소』였다. 활자 중독이라는 지병이 막 시작되던 무렵이었다. 그는 바로 이 책에 꽂혔고, '반복 소비'와 '대량 소비'를 거듭하기 시작했다. 아버지는 군인이었고, 『태평양전쟁』류의 전쟁 서적만 가득했다. 『로빈슨 크루소』가 반가웠을 수밖에. 누나가 독후감 숙제를 많이 받아 오기만을 원하던 시절이었다.

사실 지금 와서 돌이켜 보면 『로빈슨 크루소』의 교훈은

레이어(층위)가 홑겹이었다. 기독교적인 권선징악. 그런데도
이 500년 전 책의 어떤 쾌락 중추가 소년을 자극했던 것일까?
『로빈슨 크루소』를 건조하게 요약하면 사적인 여행기다. 배가
난파되고 그 안의 사물 역시 난파한다. 주인을 상실한 것.
생존자는 오직 로빈슨 크루소 한 명. 그는 이제 이 흥미로운
물건들을 하나하나 발견해 내고 주인이 된다. 법을 어긴 것도
아니다. 하지만 원래 내 것은 아니었던 사물과 물품들. 김대우의
길티 플레저(guilty pleasure)는 그 지점에 있다. 남에게 보여 주기는
창피하지만, 나 홀로 탐닉하는 즐거움. 소년 김대우는 일찌감치
자신이 타인의 시선에 민감한 모범생이라는 사실을 자각하고
있었다. 하지만 텍스트 안에서 금기를 위반한다면야 무슨 상관이
있겠는가? 현실에서는 절대 절도범이 될 수 없는 유전자를
타고났지만, 크루소에게 자신을 감정이입 한 뒤 이 물건들을
획득하는 것이야 무슨 문제가 있겠는가? 꼭 들어맞는 표현은
아니겠지만, 합법적 절도에 대한 쾌감. 이 범죄적 쾌감이 소년을
전율케 했다.

  그는 '필독'의 독서와 '애독'의 독서가 있는 것 같다고 했다.
자신이 정말 '꽂혀서' 하는 애독의 독서와 '읽어야 하는'이라는
당위로 만나는 필독의 독서. 청년기 이후 필독의 독서는 당연히
필요하겠지만, 반드시 행복한 독서는 아닌 것 같다고 했다.
쾌감이 따르지 않는데 고전이 될 수 있겠는가?

  인터뷰 전날, 김대우 감독은 자신의 작업실에서 영화 「대부」를

다시 봤다고 했다. 정확한 수는 기억나지 않지만, 이 역시 100회에 가까운 반복 시청이자 관람이다. 영화가 끝났을 때, 문득 그런 생각이 들었다.

'나는 어떤 영화를 만들고 싶어서 영화감독이라는 직업을 택한 것일까?'

그때 어떤 단어 하나가 뒷덜미를 붙잡았다. 바로 '반복'이었다.

'내가 반복해서 보고 싶은 영화, 남들이 반복해서 보고 싶은 영화에 꽂힌 거구나. 단순히 그때그때 즐거움을 줄 수 있는 영화를 만들겠다는 생각으로 자신의 시간을 합리화해 왔지만, 내 무의식 밑바닥에서는 이런 생각의 씨앗이 움을 틔우고 있던 것이구나.'

대니얼 디포는 1600년대 인물이다. 게다가 지구 반대쪽에서 인종도 피부색도 달랐던 작가. 그 책을 500년이 지난 21세기의 후손, 그것도 영화를 만드는 한국인 감독이 집에 돌아와 쾌락과 휴식을 위해 읽는다고 하면, 그는 저세상에서 무슨 생각을 할까? 김 감독은 사진에서 봤던 대니얼 디포를 떠올렸다. 놀랍도록 작은 책상에서 호롱불 하나를 켜 놓고 날카로운 펜촉으로 사각사각 소리를 내며 한 줄 한 줄 종이 위에 써 내려 가는 작가. 김 감독은 말했다.

"디포도 자신만의 쾌락을 위해서 한 줄씩 써 내려 간 것은 아니었을까? 기독교적 권선징악은 그냥 명분상 넣은 거고, 크루소가 획득한 노획물의 쾌감을 작가인 자신도 느끼면서,

아무하고도 나누지 않은 그 노획물을 홀로 즐거워하며, 한 줄씩 사각사각."


## 내 태도를 완성한 책, 『전환시대의 논리』

'애독'의 시대가 가면, '필독'의 시대가 온다. 소년 김대우에게 독서의 쾌감을 선사했던 책이 『로빈슨 크루소』라면, 리영희의 『전환시대의 논리』는 그의 삶에 대한 태도를 바꾼 책이다. 고등학교 3학년 때였다. 1970년대 후반 영등포고등학교에서 문학 서클 활동을 하던 고교생 김대우는 이 책을 읽고 나서 이런 깨달음을 얻었다고 했다.

'세상은 선악이 있는 게 아니고 입장이 있는 거구나. 사람은 순수하지 않고 자신의 사적 이익을 위해 움직이고 있는 거구나.'

이후 그는 모든 정치적 논리를 일절 믿지 않게 됐다고 했다.

사실 그 시대에 『전환시대의 논리』를 읽은 청소년과 대학생들은 새로운 세계로 넘어가는 경우가 더 많았다. 지금까지의 세상에 속았다는 판단을 하게 되는 까닭이다. 그는 이념이 지고지선(至高至善)이라는 생각을 하는 이데올로기 지상주의자들에게는 비난을 받을 수 있는 말을 했다.

"아, 모든 논리는 자신보다 못한 사람들을 지배하기 위해 창안해 내는 것이구나. 헤게모니란 그런 것이구나."

『로빈슨 크루소』만큼은 아니지만, '연타'로 5~6회를 읽었다. 방위산업체와 군부의 결탁, 지배계급의 피지배계급을 굴복시키기 위한 음모들……. 흥미롭게도 이런 것들에 대한 분노보다는 '다시는 안 속을 거야.'라는 생각이 먼저였다. 그때는 박정희 정권 말기였다. 아버지는 군인이었다. 한때 박정희 장군의 부관을 하던 시절도 있었지만, 그의 추종자는 아니었다. 그 당시 군부대에서 벌어지는 투표는 사실상의 공개투표였다. 누구에게 투표할지를 말하게 하지는 않았지만, 부대 대대장에게 투표용지를 열어 보이고 나서 투표함에 집어넣어야 했던 암울한 시절. 이러니 야당 후보를 적어 넣을 배짱 있는 군인은 거의 없었다. 하지만 대대장이었던 아버지는 부대원들에게 "용지는 접어서 그냥 넣어라."라고 얘기했다고 한다. 그런 이유로 자신의 출신 성분 때문에 이렇게 되었을 거라는 선후배 동료들의 주장을 그는 반박한다.

김 감독은 이런 일화를 들려줬다. 고등학교 문학반 시절. OB인 대학교 선배들까지 힘을 합쳐 시집 한 권을 펴내려는 기획이 있었다. 역시 독재 정권 말기였으므로, 변혁에 대한 열망이 그 시집의 주조를 이루었다. 하지만 인쇄소 주인이 그렇게 투철한 '안보 의식'을 가졌을지는 미처 몰랐다. 인쇄소 주인은 우렁찬 신고 정신을 보여 줬고, 학교에는 경찰 정보과 형사가 나타났다. 시집 엮은이 목록에 이름이 들어 있던 고교생 김대우에게 불똥이 튄 것은 당연한 순서였다. 그렇게 약간 '왼쪽'으로 넘어가려고 하던 고교생 김대우를 다시 회의주의자로

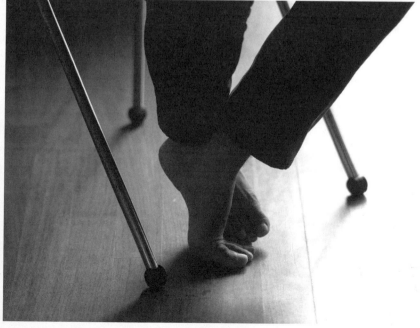

만든 게 『전환시대의 논리』였다. 입장을 정해 놓고 쓴 책들의
의도를 간파했기 때문이었을까? 그는 이렇게 말했다.

"이런 세상. 양쪽 다 믿을 건 없구나."

2000년대, 그는 영화계에서 상대적으로 《조선일보》에 많은
글을 쓴 필자로 꼽힌다. 나와의 인연도 일부 지분이 있겠지만,
그보다는 '과연 그렇게 세상을 선악으로 구분할 수 있을까?' 하는
데 대한 회의가 좀 더 근본적인 이유일 것이다.

'각자의 입장이 있는 거지, 과연 나쁘고 좋고 하는 판단을
인간의 세상에서 할 수 있는가?'

대학 시절 그의 삶은 이런 대목의 누적이기도 하다. 대학생의
소지품이 화염병이던 시절, 자신은 군인의 아들이라는 까닭으로
'어쩔 수 없는 놈'으로 치부되어 버리고, 대학에서 영화 서클을
하던 시절에는 우유부단이나 회색이라는 '예의 바른' 비난을
넘어, "너는 반드시 아오지로 보내 버리겠다."라는 원색적
비난까지 동기생에게 들어야 했다. 그는 그런 비난들에 대꾸를
하지 않았다고 했다.

세상은 김대우의 입장을 가진 사람들이 대세일 것이다. 단,
그들은 겉으로 자신의 논리를 정당화하고 확성기를 사용하지
않으므로 그 목소리가 들리지 않을 뿐. 그 마음을 표현하는
사람들은 스펙트럼 내에서 한 선(線)으로밖에 안 보일지
모르지만, 실제 인구 비례로 보면 상당히 뚱뚱한 체적을
자랑하지 않을까? 상대방을 분노하게 만들까 봐, 아니 양쪽

극단을 다 화나게 만들까 봐 드러내 놓고 말은 안 하지만.


## 좌경술, 우즉흥의 인생관

문청(文青) 김대우를 영화로 전향하게 만든 '사적인 치욕'이
있다. 고등학교 재학 당시부터 시를 썼던 김대우는 대학에
입학한 뒤 한 공모전에 시를 보냈다. 부모와 학교의 뜻에 따라
공대 기계과에 진학했지만, 마음은 여전히 문학에 가 있던
시절이었다. 그 공모전에서 1학년 김대우는 3등을 했다. 당시
등단의 관행은 추천제. 함께 문학 하는 선배들은 뽑아 준 심사
위원에게 인사를 하러 가자고 했다. 심사 위원은 시인이자
소설가인 대학교수였는데, 정작 그 심사 위원은 자신이 뽑은
김대우라는 이름을 처음부터 기억하지는 못하고 있었다. 한참
기억을 더듬다가 마침내, "아, 그 공대생!" 하는 것이었다. 기억해
준다는 사실에 기쁨에 들뜬 신입생에게 심사위원은 느닷없이
비수를 꽂았다.

"응모자 중에 공대생은 자네 혼자였는데, 장려 차원에서
뽑았어. 공대생도 시를 써야지, 그럼!"

"장려 차원"이라는 그 표현을 지금도 잊을 수 없다. '장려
차원'. 그리고 '교수님'은 이런저런 설교와 훈계를 시작했다.
물리적 시간은 기껏 10분에서 20분이었겠지만, 상처받은
대학생이 느끼는 체감 시간은 3일 같았다. 그런데도 함께 갔던

문학 선배들은 "와, 선생님, 어찌 그리 배려가 깊으십니까?"라는 류의 아부를 떠는 것이었다. 심사 위원이 설교하시던 그 '3일' 동안, 대학생 김대우는 머리를 푹 숙이고 혼자 생각했다.

'다시는 시 안 쓸 거야. 이제부터는 일기도 안 쓴다! 운(韻)이 있는 건 뭐든지 쓰지 않을 거야. 작사도 안 해!'

그러면서 문학에서 점점 멀어져 갔다. 창작을 소망했던 청년은 이제 꿈을 잃었다. 도대체 학교가 이제 무슨 의미가 있나. 학교를 자퇴했다. 집에는 얘기하지 않았으므로, 매일 아침 일어나 가방을 꾸린 뒤 영등포 시장 근처로 진출했다. 하염없이 반복해서 걷다가 하루는 영화를 봤다. 극장에서는 「대부」를 하고 있었다. 특별히 영화를 좋아했던 것은 아니므로 자다 깨기를 반복했는데 의자에서 정신을 차려 보니 이탈리아의 시칠리아 섬 장면이 나오고 있었다. 폼 나 보였다. 옆자리 친구에게 물었다.

"야, 대학에 이탈리아어과도 있냐?"

질문도 엉뚱했지만, 그 친구의 대답이 더 걸작이었다.

"야 인마, 대학이 장난이냐? 영문, 불문, 독문, 서반아어, 그거잖아, 인마!"

친구는 토목공학 전공이었다. 오래지 않아 외대에 이탈리아어과가 있다는 사실을 알게 된 뒤, 둘은 탄식했다.

"역시 공대생은 안 된다니까!"

여름 즈음이었고, 이탈리아어과에 다시 들어가기로 결심했다. 너무 낭만적이고 즉흥적인 결심이 아니냐고 물었을 때, 그는 반색했다.

"내 별명이 좌(左)경솔, 우(右)즉흥이라니까!"


## 문학에서 영화로 사상을 전환하다

'좌경솔, 우즉흥'의 결정이었으니, 만족할 리가 없다. 그는
"역시 잘못된 결정이었다."라고 했다. 학교는 다시 띄엄띄엄
나가기 시작했고, 결국 '방위' 처분을 받아 군 복무를 시작했다.
일요일이었다. 부대로 '출근'할 시간이 얼마 남지 않았는데,
미켈란젤로 안토니오니 감독의 영화 「욕망(Blow-Up)」을 보게
되었다. 한국어 제목과 달리 성찰과 사유의 영화였던 「욕망」.

공원 장면에서, 남자는 시신을 발견한다. 그 순간 바람이
나무를 흔든다. 스스슥, 스스슥. 다시 돌아보는 얼굴에 클로즈업.
다시 나무는 몸을 떤다. 영화를 엔터테인먼트로 소비하는
내중에게는 어쩌면 지루해야 할 그 장면에, 김대우는 말 그대로
꽂혀 버렸다.

"내가 문학에서 이루고자 했던 성취가 있다면 저거였겠구나.
저 순간! 소멸되는 것들. 신은 왜 인간을 소멸되는 존재로
태어나게 해 놓고, 그 사실을 깨달을 의식을 준 걸까? 이건
악취미의 극치가 아닌가! 여러 생을 산다고 누군가는
이야기하지만, 전생을 기억하지 못한다면 그게 무슨 의미가 있는
것인가? 부탄의 몇몇 꼬마를 빼놓고는 아무도 자신의 전생을

기억하지 못하지 않는가!"

그렇게 김대우의 삶은, 「욕망」이전과 이후로 나뉘었다.
출근할 시간이 이미 지났는데, 여전히 TV 앞에서 전율했다.
그리고 마치 유체 이탈한 것 같은 상태가 되어 부대에 도착했다.
막내인 이등병 시절이었다. 모든 고참이 출근해 있었다. 누군가가
물었다.

"왜 늦었어, 인마?"

"엄마가 아파서요.", "오는 길에 교통사고가 났어요." 같은
대답을 기대했던 고참들에게 그가 대답했다.

"영화 보다 늦었습니다."

순간 정적. 그들이 예상했던 답안에 '영화'는 없었다. 보다
못한 바로 위 고참이 김대우 이병을 끌고 나갔다. 무기고 뒤로
자신을 끌고 가 엎드려뻗쳐를 시켰다. 군부대 구타가 당연시되던
시절이었고, 구타를 막 시작하려고 했는데, 넋이 나간 그를 보고
고참이 명령했다.

"일어나! 도대체 무슨 영화야?"

내용과는 전혀 상관없이 번역된 「욕망」이라는 야한 제목을
듣고, 고참은 제멋대로의 상상을 시작했다. 얼마나 야했으면 이
녀석이 이렇게 넋을 잃었겠는가? 하지만 정작 김대우 이병의
눈에는 아무도, 아무것도 들어오지 않았다.

"내 인생에서 할 일을 찾은 것 같았어요. 펄쩍펄쩍 뛰면서
내가 소리를 질렀다니까. '나 이제 영화 할 거예요. 나 영화 할

거예요.' 그러고 뛰어 내려갔지. 완전히 미친 거였지. 그때가
스물한 살이고, 지금이 쉰한 살인데, 30년 동안 그날하고 하나도
안 바뀐 것 같아요."


## 읽기야말로 쾌락의 극치

감독 김대우에게 이런 부탁을 한 적이 있다. 책 읽기, 신문
읽기의 중요성과 의미에 대한 강연 청탁이었는데, 대전의
카이스트에서 열렸다. 본인은 짐짓 분방한 예술가로 기억되고
싶어 하지만, 감독 김대우를 키운 것은 8할이 신문과 책이라는
사실을 익히 알고 있으므로 벌어진 일이다. 그는 자신이 '신문의
광적인 팬'이라고 고백한 적이 있다.

김 감독은 이런 일화 한 토막을 들려줬다. 젊은 시절
이탈리아에서 공부하던 당시, 청년 김대우의 가장 큰 고통 중
하나는 한국 신문을 볼 수 없다는 거였다. 유학생 친구 집으로
한국에서 소포가 오면, 그는 득달같이 달려갔다. 포장지로
쓰였을지 모르는 한국어 신문을 읽기 위해서였다. 옆에서 이 못
말리는 활자 중독증을 지켜보던 여자 친구가 김 감독보다 먼저
귀국한 뒤 소포를 보냈다. 농구화 한 켤레와 신문 7일 치였다.
구멍 뚫린 농구화를 신고 있었지만, 그는 농구화보다 신문이 더
고마웠다.

비유하자면 이 사내의 독서 편력은 무규칙 이종 독서에

가깝다. 어릴 때는 무협지와 『로빈슨 크루소』, 소년 소녀 세계 명작 동화, 일본군 잔학 행위를 생생하게 묘사한 『태평양전쟁』을 무차별로 가로질렀고, '필독의 시대'에 진입해서는 『전환시대의 논리』에 푹 젖었다. 그는 자신의 독서 습관을 '비주류', '그냥저냥', '우왕좌왕' 등의 단어로 설명했다. 체계적인 글 읽기보다는 꽂히면 끝까지 읽는 스타일이라는 것이다. 고등학교 때는 수업 시간에 시를 쓰다가 들켜 두들겨 맞은 친구에게 반해 윤동주를 읽었고, 대학에 입학해서는 도서관 예술 코너 서가에서 작심하고 우상(右上)에서 좌하(左下)로 무작정 읽어 내려 갔던 적도 있다. 김 감독은 "나 같은 비제도권도 신문 읽기를 사랑한다."라면서 "읽기 그 자체를 사랑하는 마음이 지금의 나를 만들었다고 믿는다."라고 했다. 그는 "읽기야말로 쾌락의 극치라고 생각한다."라면서 "서른 살부터는 하루에 한 권씩 좋은 책을 읽자는 생각을 실천하며 살고 있다."라고 덧붙였다.

서른 살과 좋은 책의 의미는 뭘까? 영화감독으로서 그는 '좋은 직업을 갖거나 높은 지위에 오른 분'을 많이 만난다고 했다. 그리고 자주 절망한다고 했다. '어쩌면 이렇게 감성이 부족할까? 어쩌면 이리도 말이 안 통할까?' 하는 것이었다. 솔직히 열이면 여덟아홉이 그렇더라고 했다. 그는 "장담하는데, 책을 안 읽어서 그런 것이다. 책을 안 읽는 사람들은 결국 누군가에게 폐를 끼치게 된다. 사회와 조직, 심하게 말하면 민족에게까지도."라고 말한다.

## 가로수를 노려보는 사람

다시 김대우에게 돌아온다. 그에게 영화를 만들게 한 이유.
시나리오와 연출을 함께하는 이즈음, 김대우 감독은 글을 쓸
때면 카페를 찾는다. 작업실의 번듯한 책상과 집에 놓인 멀쩡한
책상을 두고 카페를 찾는 이유가 있다. 그건 초심(初心)과 관련된
자의식이다.

"꼭 창가 자리에 앉아요. 창밖으로 내다보면 가로수가 있잖아.
시나리오를 쓴다는 건, 글을 쓰는 시간보다 창밖을 내다보는
시간이 더 많다는 것과 동의어죠. 가로수를 노려봐요. 사람을
노려보면 오해의 소지가 있잖아요? (웃음) 공항에서 출입국
통과할 때 직업란에 '가로수를 노려보는 사람'이라고 쓴 적도
있어요. 바람이 스스슥 하는 영화를 보고 30년 전에 영화 할
마음을 먹었고, 지금도 나무가 흔들리는 걸 보면서 마음을
잡아요."

그러고 보면 그의 삶을 바꾼 건 책이나 영화 같은 텍스트가
아니라, 바람에 흔들리는 나무 한 그루인지도 모르겠다.

정확하고
건조하게,
새롭지 않은 것을
새롭게

소설가
은희경

**존재의
세 가지
거짓말**

아고타 크리스토프

은희경의 탐독

소설가 은희경을 만난 곳은 일산 라페스타 부근의 카페였다.
금요일 아침 10시의 카페는 조금 낯설었다. 시간이 주는
생경함도 있었겠지만, 목요일 밤의 쾌락을 허겁지겁
정리하고 난 뒤의 새침한 적막함이랄까?
작가는 "여기가 내 작업실"이라고 했다. 부근 오피스텔을
작업실로 쓴 지 5년. 작업실은 이미 살림집이 되어 버린 지
오래라고 했다. 그는 부근 카페를 유목민처럼 돌아다녔고,
이 카페를 발견하고 나서 처음으로 맘에 든다고 생각했다.
작은 에피소드 하나. 이곳에 정착하겠다고 결심한 순간,
카페에 후배 소설가 김중혁이 앉아 있었다고 한다.

지역구 주민이기도 한 중혁에게 그간의 시간을 설명하자,
후배의 흔쾌한 대답.

　　"선배의 나와바리임을 인정합니다."

　　그다음부터 이곳은 은희경의 작업실이 됐다.

　　은희경의 '내 인생의 책'이 궁금했던 이유는, 한 작가는
어떻게 태어나고 단련되는가에 대한 질문에서 비롯됐다. 이미
그는 헝가리 작가 아고타 크리스토프의 3부작 『존재의 세 가지
거짓말』을 '내 인생의 책'이라고 말한 적이 있다. 흥미롭게도 이
책에 대해서는 여러 사람이 자신을 바꾼 책이라고 말해 왔다.
2013년에 일본 도쿄에서 철학자 슬라보예 지젝을 만났을 때,
그 역시 『존재의 세 가지 거짓말』을 첫손 꼽았다. "철학자로서
자신이 꿈꾸는 이상적인 세계가 바로 이 책 안에 있다."라면서.
제2차 세계대전 막바지에 헝가리 시골 마을의 할머니 집에
맡겨져야 했던 쌍둥이 소년들의 이야기가 이 작가와 철학자의
무엇을 홀렸던 것일까?


## 등단 직후 외로웠던 시간

　　"신춘문예 당선만 되면, 글을 쓰며 사는 전업작가로서의 삶이
시작된다고 생각했는데, 아무도 전화를 해 주지 않아요. 그렇게
7개월이 지났지. 돌파구를 찾아야 했어요. '장편을 써야겠다.
어디론가 떠나야겠다.'"

어머니가 불자였던 덕분에 절을 소개받았다. 무주 적상산 안국사라는 절이었다. 원래는 산속에 있던 절이었는데, 댐으로 수몰 지구가 되면서, 산꼭대기로 이사를 했다. 얼마나 외딴 절이었는지 민간인 구경은 아예 하기 어려웠고, 도시에는 열대야가 기승을 부리던 한여름인데도, 절은 불을 때야 했다. 그 절에서 쓴 책이 은희경의 출세작이 된 『새의 선물』이었고, 그 『새의 선물』을 쓰기 위해 들고 갔던 책이 아고타 크리스토프의 『존재의 세 가지 거짓말』이었던 것이다.

"산속으로 들어가기로 작정하고 짐을 챙기는데, 최소한으로 줄여 보자고 했던 거예요. 무거우니까 당연히 많이 가져갈 수도 없고. 그러니 신중하게 골라야 하잖아? 두꺼운 사전 한 권이랑 책 몇 권. 그래서 쿤데라랑 아고타 크리스토프를 선택했어요. 글이 잘 안 풀리고 그러면 아무 데나 펼쳐서 보는 거지."

다음 문장이 풀리지 않고, 문장의 다음 가닥을 찾지 못했을 때, 그렇게 『존재의 세 가지 거짓말』을 펼쳤다.

"쿤데라가 세부적인 사유에 대한 자극을 내게 줬다면, 『존재의 세 가지 거짓말』은 소설이라는 장르에 대한 패러다임을 바꿔 줬달까? 형식적인 면에서도 그렇고 큰 틀의 사유에 대한 생각도 그래요."

등단한 작가들의 경우 유년 시절부터 문사로 이름을 날린 경우가 적지 않다. 은희경도 예외는 아니었다. 백일장, 문예반, 글짓기 선수. 글 쓰는 사람들의 전형적인 엘리트 코스랄까?

하지만 그는 너무 싫었다고 했다.

'모범적인 글짓기 선수를 벗어날 수는 없는 걸까? 왜 나는 전쟁도 없고 큰 가난도 없는 시대에 태어난 걸까?'

은희경은 35세에 등단했다. 그는 자신의 단점이 지나치게 감상적인 성격이라고 했다. 초고를 쓸 때는 너무 감상적이기 때문에, 퇴고를 많이, 그리고 독하게 할 수밖에 없다. 감상에 대한 견제. 그럴 때, 아고타 크리스토프는 자신의 감상성에 대한 모양틀이었다. 말랑말랑한 글을 각지게 만들어 주는.

감상이라고는 어림 반 푼어치도 없는 헝가리 작가. 심지어는 아버지를 죽이는 작가라니. 이렇게 강한 작가라니.

"나는 글을 쓸 때 뭔가 대범하지를 못했어요. 감상적이고 소심한 게 내 표현의 약점이었던 거지. 그런데 아고타 크리스토프를 보면서 그렇게 생각했어요. '이렇게 건조하게, 나를 객관화할 수 있는 기구나.'"

은희경은 자신이 그런 태도를 배운 작가가 아고타 크리스토프라고 했다. 내가 가지고 있는 가치 체계를 뒤엎고, 나 스스로 나라고 생각한 자아를 전복하고, 긍정도 부정도 없이 객관화하기.

"작가로서 내게 파워를 줬다고 할까? 이 책을 읽기 전에는 '과연 이렇게까지 써도 되나?' 하고 조심했다면, 그 후에는 '나라는 자연인을 배제하고 써도 된다.'라고 명확히 해 준거지. 어떤 배터리 같은 존재라고 할 수 있어요."

『새의 선물』과 관련한 구체적 도움이 있다.

은희경은 절에 올라갈 때, 『새의 선물』의 기본 줄거리를 완성한 뒤, 이를 출력해서 들고 갔다.

사실 '보아서는 안 될 어른들의 삶을 너무 일찍 알아 버린 소녀'라는 그 콘셉트 자체는 그리 새롭지 않다. 이 새롭지 않은 주제를 어떻게 새롭게 만드는가가 은희경의 과제였을 것이다. 작가는 "그 개성을 만들어 준, 내 안의 어떤 담대함을 꺼내 준 책"이라면서 "일종의 낚시라고 할까, 아니면 자석이라고 할까, 그런 책"이라고 했다.

'자아, 심지어는 내가 옳다고 믿는 가치까지도 배제한 채로 쓰는 게 창조다. 사회가 요구하는 모습에서 벗어나, 작가만이 가질 수 있는 자의식을 가지고 쓰는 게 작가다.'

은희경의 첫 책이었던 만큼, 그런 믿음은 더욱 중요했다.

"뭐랄까? 어떤 책이든 읽으면 작가가 조금은 보이는 법이잖아요. 그런데 이 책에서는 지은 사람이 전혀 보이지 않아. 이런 게 창작의 힘과 파괴력이라고나 할까? 아니, 파괴력보다는 아예 다른 차원에서 만들었다는 느낌이었어요."

그는 '정확한 건, 단순한 거다.'라는 교훈을 이 헝가리 작가에게서 배웠다고 했다. 인간이 가지고 있는 추악한 것, 사회, 역사, 전쟁, 부조리, 이 모든 거대한 사유를 단순하게 쓰는 것. 이것이야말로 대단한 것이 아니겠는가? 작품도 좋지만, 작가적 태도를 그렇게 배웠다.

작가적 태도뿐만 아니라 자연인으로서 삶에 대한 태도도
배웠다.

당시에는 그런 생각을 안 해 봤는데, 돌이켜 보니 더욱
그렇다는 것이다.

"나는 많은 사람이 혼란에 빠지고, 불안과 슬픔을 겪는 이유가
자신을 객관화하지 못해서라고 보거든. 전부는 아니겠지만,
부분적인 이유는 분명히 있을 거예요. 그런 점에서 감성을
풍요롭게 만들어 주는 책도 중요하지만, 사람을 건조하게 만드는
책도 그 이상으로 중요하지. 이런 사유가 자기를 객관화해 주고,
관계도 객관화해 주고. 우리 감정에 골고루 영양소를 섭취하게
해 준다는 점에서, 사람들이 이 책을 많이 읽었으면 좋겠어."

가령 이런 것이다. 죽음이나 이별의 문제만 해도 그렇다.
어떤 불행이 닥쳐왔을 때, 그 불행에 가치 개념까지 투사해서,
실제보다 자신이 더 많이 흔들린다면 누구를 위한 깃일까? 감징을
객관화해서 받아들일 것. 삶을 대하는 태도에서, 격하게 반응하지
않고, 한 발자국 떨어져서 볼 수 있는 시선을 만들어 줄 것.


## 책은 여전히 강력하다

작가는 예외적으로 책의 효용에 대해 적극적이고
낙관적이었다. 사실 글이 바꿀 수 있는 건 거의 없다고 믿는
세상이다. 사람의 감정을 순간적으로 바꿀 수 있는지는

모르겠지만, 현실의 권력관계나 사회의 구조를 책 한 권이 바꿀 수 있을까? 아니, 구조는커녕, 책이 한 사람의 마음이라도 바꿀 수 있는 것인가?

그는 커피 한 모금을 마신 뒤 대답했다.

"나는 굉장히 긍정적이에요. 책이 사람을 크게 바꾼다고 생각해. 내가 글 쓰는 사람이어서가 아니라, 책이 없는 인생을 생각해 본 적이 없어요. 늙어 가는 게 두렵지 않은 것은, 책을 읽을 수 있기 때문이야. '책을 보고 인생이 바뀌었다.' 이렇게는 말할 수는 없을지 몰라도, 생각을 조금씩 바뀌게 해 줘요. 한꺼번에 바뀌는 게 아니라, 조금씩 조금씩."

그는 사람은 결국 바뀌지 않는다는 말도 믿지 않는다고 했다. 나는 해외여행을 다녀온 뒤 더는 이렇게는 살지 않겠다고 하다가, 결국 주저앉아 버리는 삶도 많지 않냐고 물었다. 하지만 그런 사례조차도 안 바뀐 건 아니라는 것이다. 사소한 선택이라도 뭔가 조금씩 달라졌고, 마음의 여유라는 측면에서도 '뭔가 부드러워졌달까?' 하는 대목이 있다는 것이다. 정보를 주던, 정서적 자극을 주던, 책은 뭔가를 주고 있다.

그는 "그렇다면 뭐가 사람을 바꾸겠어요. 사람을 움직이는 데 있어서, 책은 여전히 강력하다고 생각해."라고 말했다.

작가는 엊그제 들은 이야기를 들려줬다. 한 회의에 참석했는데, 누군가 자기 아들의 경험을 공개했다는 것이다. 공대생인 그 친구는 어려서부터 미래에 대한 전망이 뚜렷한

아이였는데, 미국으로 유학을 갔다는 것. 이과 공부밖에 모르는
아이였는데, 미국 대학에서 처음으로 고전을 읽게 되었다는 것.
그리고 처음으로 책 읽기의 즐거움을 깨달았다는 것이다.

"책이 너무 멋지다. 사람 생각을 바꿔 주는 건 책밖에 없다.
똑같은 생각을 해도 글로 써서 발표하면 힘이 생긴다."

그래서 글쓰기를 부전공으로 선택했다는 이야기였다.
은희경은 그 말에 감사하며 공감했다.

"내가 책을 읽어서 변해 왔던 사람이기 때문에 더욱 공감했을
수도 있어요. 우리는 물론 사람에게도 영향을 받지만, 책은
미세한 생각을 바꾸게 해 줍니다. 더 섬세한 것들, 어떻게 보면
눈에 보이지 않을지 모르지만. 그런 것들이 결국은 인생을
끌어가는 거지. 종이책, 전자책 나눠서 왈가왈부하고 싶지는
않고. 인류의 가장 혁명적인 성취는 글과 책이에요."


모든 위대한 문학에는 어떤 쓸쓸함이 있다

화제가 너무 거대해진 것 같아, 개인 은희경으로 돌아왔다.

소녀 은희경에게 작가가 되고 싶은 마음을 처음 선물해 준
책은 무엇일까?

그는 자신의 인생을 통틀어서 초등학교 때 가장 독서를
많이 한 것 같다고 했다. 그리고 '멋쟁이 아버지'에 대한 추억을
들려줬다.

"초등학교에 들어가니까, 우리 아버지가 그러시는 거야. 글을
배울 때 글이 자기 사상이 될 줄 모르는데, 교과서만으로 익히는
건 옳지 않다고. 그때 우리 집이 전북 고창이었는데, 전주에 가서
동화책을 사 주시는 거예요. 그때는 두 시간 걸리던 시절이었어.
아버지가 사업을 하시니까, 그런 도시 출장이 잦았어요. 그때마다
동화책을 사 오신 거야. 딸에 대한 애정이 크셨어요."

그렇게 학교 도서관 책을 포함해서 닥치는 대로 읽었다.
어린이신문도 보고, 매일매일 뭔가를 읽었다.《어린이》라는
잡지가 나온 것도 그때였고, 당시 어린이들을 사로잡았던 월간
《소년중앙》이 창간된 것은 초등학교 6학년 때였다. 한 달 내내
기다렸다. 그렇게 책을 많이 읽던 시절이었다.

"하도 책을 보니까 어머니가 못 보게 했어요. 밥도 안 먹고,
아무리 불러도 안 오고, 와서 데리고 와야 하니까, 당연히 화가
나셨겠지. 스탠드를 이불에 가져가서 이불 쓰고 봤어요. 불 꺼진
것처럼 보이게 하려고. 눈이 그때 나빠졌지. (웃음)"

은희경은 소녀 시절 외톨이였다고 했다. 친구들이 자신을
따돌린 적도 많았지만, 자신이 스스로 적극적으로 고립된 적도
많았다는 것. 교육에 열성이었던 부모 밑에서 자란 덕에, 피아노,
무용, 방송반, 문예반, 모든 것을 경험했다. 하지만 부모님 기대에
어긋나지 않으려고 활발한 척했던 것이고, 사실은 혼자 있었던
시간을 좋아했다. 책을 많이 읽었던 이유도 그래서라고 생각한다.

그는 그 시절 이야기를 하면서 흥미롭게도 '표절' 이야기를

꺼냈다.

어린이 잡지에서 읽었던 한 예쁜 동화였다. 정확한 내용은
기억나지 않지만 대충 이런 이야기였다. 한 작가가 너무나도
글이 써지지 않아 책상 위에 엎드려 잠을 잤는데, 꿈속에서
신기한 일이 벌어졌다는 것. 자신의 펜에서 나비가 나와
금가루를 떨어뜨렸는데, 그 금가루 하나하나가 이야기로
변했다는 것이다. 글짓기 대회에 나갔을 때, 이 이야기를 소재로
써 보고 싶은 충동이 일었다. 표절하고 싶을 만큼 환상적인
이야기였다고 했다. 그러면서, 어릴 때 읽었던 것들이 가장
강렬한 것이 아니겠냐고 했다. 도덕에 대한 선악에 관한
관념까지도 말이다.

그는 동화를 포함한 모든 위대한 문학은 어떤 쓸쓸함이 있는
것 같다고 했다.

인간은 유한한 존재. 언젠가는 사라지는 존재일 수밖에 없다.
결국 그런 인간의 본성이 아름다운 이야기보다는, 사라지는
것들에 대한 이야기를 좋아할 수밖에 없게 하는 것 아닐까?

그는 또 한 편의 동화를 들려줬다. 행운을 가져다준다는
호리병을 주운 사람이, 이것 때문에 행운을 얻지만, 결국 이것
때문에 불행하게 되는 이중적인 이야기였다. 그는 학교 윤리
시간에 배운 것이 아니라, 문학을 읽으며 도덕적 균형이 생긴 것
같다고 했다.

작가는 또 『장미의 왕자』와 『분홍신』 이야기도 꺼냈다.

"왕자가 저주를 받아 바보가 되었는데, 마지막에 온 요정이 왕비의 저주를 막기 위해 장미를 주면서 이렇게 말했지. '장미를 가지고 있는 동안은, 당신은 바보가 아니다. 하지만 그 장미를 놓치면 못생긴 인간이 되는 것이다.' 그런데 왕자에게 사랑하는 여자가 생긴 거야. 그 여자에게 뭔가를 주려 하다가, 왕자는 장미를 놓치지. 그러고는 추악한 사람이 되어 버려요. 이 아이러니. 이 패러독스. 이런 책을 읽으며 내 인격은 형성됐던 것 같아. '그 후로 행복하게 살았습니다.'라고 끝나는 해피 엔딩 동화보다, 이런 이야기가 사람을 성장시킨다고 생각해요."

## 낯선 생각을 발견한다는 것의 의미

너무 일찍 세상의 비밀을 알아 버린 『새의 선물』의 소녀 진희는 사실, 소녀 은희경의 분신이었을 것이다.

그는 동화나 해피 엔딩으로 끝나는 판타지보다는 비극이나 저주가 사람의 수련을 가져온다고 말했다.

"내가 쓰는 소설도 내 안의 치사하고 부정적인 것, 악한 것 이걸로 쓰는 거예요. 사람은 다 자기 인생에서 사유가 비롯되는 거 아니겠어요."

그는 어려서부터 '기만'에 대해서 좀 알았다고 했다. 남 앞에 나서기 싫어하고 두려운데, 부모님이 원하니까 모든 걸 잘하려는 척했다는 것. '보이는 나'랑, '바라보는 나'가 다르다는 것. 그래서

세상은 보이는 대로가 아닐 것 같다는 생각을 일찍부터 했다고
했다. 성인이 되어 가면서 누구나 비슷한 통과의례를 겪게
되지만, 은희경의 경우에는 책 덕분에 자신의 정체를 조금 더
일찍 파악한 것 같다는 것. 막연했던 것을 조금 더 극단화해서
보여 주므로 더 빨리 깨우치게 됐다는 것. 책 주인공과의 동일시,
그리고 매혹.

"어쩌면 자기방어인지도 모르죠. 남에게 보이는 자신의 모습과
실제 자기 모습이 다르다는 사실을 알게 되면, 모든 사람이 그럴
거예요. 게다가 나는 쓰는 사람이잖아요. 어떤 사람이 가지고
있는 불안이나 혼란이나 정서적인 두려움. 책을 읽으면 이런
감정을 더 또렷하게 파악할 수 있고, 또 글을 쓰면서 내 걸로
만들게 됐던 것 같아요."

하지만 이런 감정이 극대화되었을 때, 삶에 대한 부정적인
선입관이 더 커지지는 않을까? 작가는 강하게 부정했다.

"아니야, 그러니까 사유가 넓어진다는 거예요. 믿지 않고,
자꾸만 질문하게 됩니다. 나는 개인적으로 사람 좋아하고 잘
속는 사람이에요. 속고 나면 왜 그럴까 질문하지. 그러면 또
인간에 대한 또 한 가지 진실을 밝히고 추적해 내는 거예요."

그런 질문, 그런 문제의식이 은희경 소설의 텃밭이기도 하다.
그래서 타인의 책을 읽는 건, 창작의 자극일 수밖에 없다. 다른
작가의 낯선 생각들. 그런 생각을 발견한다는 것 자체가 자신을
깨우고, 또 쓰고 싶게도 만드는 거니까.

## 소설만큼은 혼자 쓸 수밖에 없는 것

앞서 미국 작가 조너선 프랜즌을 만났을 때, 그는 소설가를 '인간 연구가'로 표현한 적이 있었다. 요즘 뇌 과학이 유행이지만, 이미 도스토옙스키가 문학으로 모두 이뤄 낸 업적이라는 것. 어쩌면 과학자보다 소설가가 더 많은 진실을 알고 있는 존재라는 것이다. 이 대목으로 대화를 확장했다.

그는 동의한다고 했다.

"작가는 인간에 대해서 하나의 관점을 제시하는 사람이라고 생각해요. 기본적으로 작가는 모두 휴머니스트. 인간에 관한 관심 없이는 문학을 할 수 없지. 그렇게 작가는 인간에 대한 관점을 하나씩 밝히고, 보태 나가는 거죠. 인간에 대해 계속 질문을 던지면서. 우리가 기만이라는 단어로 시작했지만, 사람에게 레이어(층위)가 하나만 있다면, 삶이 얼마나 편하겠어요."

그래서 작가는 어떤 '결정론'을 좋아하지 않는다고 했다. 뇌 과학이나 심리학은 어떤 면에서 사람에 관한 규정을 패턴화한다는 것. 그의 문학에 대한 작은 자부이기도 하다.

작가가 등단한 지도 벌써 20년. 어쩌면 '초심'을 유지하기에는 너무 많은 시간이 흘러갔는지도 모른다. 하지만 작가는 조금 다른 직업. 그는 초심이 유지될 수밖에 없다고 했다.

"그럴 수밖에 없는 게 아무리 계속 써도 기술이 늘지를 않아요. 사소한 테크닉은 늘지 모르지. 하지만 전에 썼다는 이유로 이번에도 잘 쓸 수는 없더라고요. 그래서 초심이란 게 없어질 수가 없어. 물론 이런 건 있어요. 항상 인생에서 자극을 받으니까, 계속 쓰게 되는데, 현실적으로 내가 나이 들면 체력도 떨어질 테고, 새로운 작가들이 나오는데 기득권을 차지하고 있을 수는 없잖아. 욕심 같아서는 계속 쓰고 싶지만, '이제는 정돈된 것만 써야 하지 않나?' 하는 조심은 하고 있어요."

낮과 밤이 완전히 다른 일산 라페스타. 환락의 밤과 고요하고 적막한 아침. 작가는 이제 이 엔터테인먼트의 공간을 창작의 공간으로 바꿔 가고 있다. 소설을 쓰지 않을 때 그는 후배들과 자주 어울리는 작가지만, 소설만큼은 혼자 쓸 수밖에 없는 것. 그는 외로워 보였다. 부디 독자들이여, 이 외로운 소년을 위로해 주길.

# 두 세계 사이의
# 눈부신 접점을
# 찾아서

사회학자

송호근

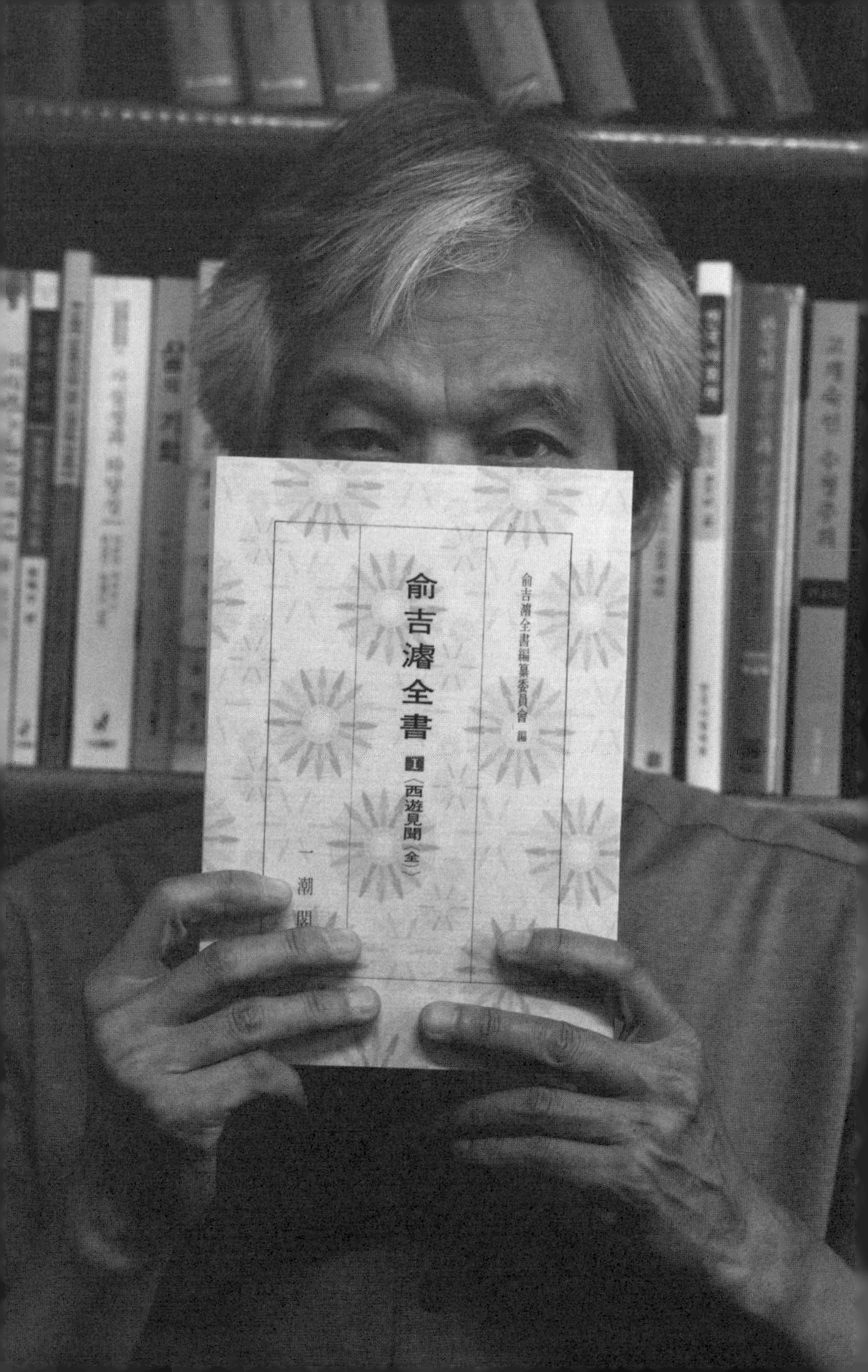
兪吉濬全書
I 〈西遊見聞(全)〉
兪吉濬全書編纂委員會 編
一潮閣

# 서유견문

유길준

학문을 업으로 삼는 학자에게 '단 한 권의 책'을
꼽으라고 한다면 그건 그야말로 고문에 가까운 질문일
것이다. 그의 머릿속에서 오랜 세월 사상의 전투를 치러 온
무수한 책 중 과연 어느 위대한 책 한 권이 최후의 승자로
남을 수 있으랴? 그러나 이 어리석고도 폭력적인 질문
앞에서도, 송호근은 별로 동요하지 않았다. 차분한 음성으로
그는 자신만의 답을 내놓았다. 조선 최초의
미국 유학생 유길준의『서유견문』이 바로 그 책이었다.
미국 보스턴에 하버드 대학교의 박사과정 공부를
하러 가 있던 시절에 그는 그 익숙하면서도 멀기만 한
역사 속 위인의 저서를 새삼 접할 기회를 얻었던 것이다.

송호근을 만난 건 서울대 사회과학동 5층에 자리 잡은 그의 연구실. 일체의 장식을 배제한 채, 그 어떤 감상적인 접근도 봉쇄하려는 듯 무미건조하기로 이름 높은 사회과학동의 외관에 비해서 그의 사적 공간은 한결 부드러운 인상이었다. 1990년대 중반 사회과학동이 세워질 때부터의 터줏대감만이 갖는 여유 같은 것일까? 그의 어깨 뒤로 창문 밖 관악산의 녹음이 100년의 세월쯤은 가볍게 넘나들 수 있다는 듯 푸르고 울창했다.


### 나라를 걱정한 청년들

조선 최초의 미국 국비 유학생 유길준과 1980년대 중반 보스턴 유학생이었던 청년 송호근의 시공을 뛰어넘은 만남. 그 특별한 인연을 알게 된 것은 송호근의 책『인민의 탄생』을 통해서였다. 영미권의 학문으로 한국 사회를 진단해 온 사회학의 적자가 조선의 근대로 뿌리 찾기 여행을 시작했다는 고백이 우선 흥미로웠다. 그 고백은 학자의 언어라기보다는 뜨거운 고해성사에 가까웠는데, 그 열정을 향한 이끌림이 그를 찾게 만들었다. 송호근은 서가에서 손에 익은 책 한 권을 꺼내 보여 주었다. 곳곳에 밑줄이 그어지고, 포스트잇이 겹겹이 붙어 있을 게 틀림없이 뵈는, 낡아빠진 책 한 권. 유길준의 『서유견문』이었다. 1895년에 국한문혼용체로 출간된 형태 그대로, 출판사 일조각이 1971년에 발행한 『서유견문』 전집의

복사본이었다. 책을 사이에 두고, 이 오래된 책과의 특별한
인연을 물었다.

"1985년인가 보스턴에서 박사과정을 밟고 있을 때였습니다.
그 당시는 여름방학이면 한국에서 사람이 많이 다녀갔어요. 그때
《동아일보》기자 한 명이 연수를 왔다가 나보고 세일럼에 가자고
하는 거예요. 마침 세일럼 피바디 에식스 박물관에 있는 유길준
유물이 화제가 되고 얼마 지나지 않은 시점이었습니다."

유길준의 유물은 생각보다 방대했다. 게다가 의외의 융숭한
대접까지 받고 있어 더욱 놀랐다. 전시관 중앙 가장 눈에 띄는
자리를 차지하고 있는 전시물이 바로 1883년, 일종의 답례 외교
사절단이었던 보빙사의 일원으로 파견될 때 유길준이 입었던
관복이었다. 초라한 모양새로 홀대나 받고 있지 않으려나 했던
생각은 기분 좋게 배신당했다. 뿌듯한 마음으로 전시물을
돌아보던 그는 유길준의 관모가 앞뒤가 바뀐 채로 놓여 있다는
사실을 발견했다. 박물관 학예사에게 그 점을 지적하자, 즉각
수정하겠다는 대답이 돌아왔다. 내친김에 "조선의 유물이 더
있냐?"라고 물었고, 학예사는 지하 창고를 보여 줬는데 그 수가
무려 5000여 점에 육박했다. 청자, 문갑, 자기……. 나중에 알고
보니 한말 독일 공사 묄렌도르프가 귀국길에 세일럼을 거쳐
갔는데, 조선에서 수집한 각종 예술품과 생활용품을 이곳에
팔아넘겼다는 것이었다. 그러고 보니 세일럼은 여러모로 조선과
인연을 맺은 땅인 모양이었다. 세일럼 근교의 고등학교인 더머

아카데미가 바로 유길준이 몸담았던 학교였다. 조선 최초의 미국 국비 유학생으로서 27세의 늦은 나이에 예비 학교에 입학해 보스턴 대학교 진학을 준비했던 유길준……

어느 것 하나 새로운 사실은 없었다. 그 옛날 교과서에서 배운 그대로였다. 그런데도 유학생 송호근은 뜻밖의 감회에 휩싸였다. 가난한 조국을 떠나온 유학생의 눈에, 120년 전 그곳을 다녀간 또 다른 유학생의 자취는 더는 박물관의 유물일 뿐일 수가 없었다. 최초의 미국 유학생 유길준은, 역사적 위인이라는 아득하고도 의심스러운 휘장을 벗고 튀어나와 그의 눈앞에서 그에게 말을 걸고 있는 듯했다.

송호근은 유길준의 삶에서 자신이 걸어가는 길과 아픈 접점을 갖는 또 하나의 삶을 찾은 기분이었다. 가난한 조국을 떠나온 청년 학자가 겪고 있던 압박감과 문제의식을, 몇 곱절 혹독하게 겪었던 선배가 바로 120년 전의 청년 유길준이었던 것이다.

어린 시절에는 당연한 듯 유교 경전을 독파했고, 고전과 한시에 밝아 신동 소리를 들으며 자랐던 유길준. 그런 그가 일본 게이오 대학에서 1년을 사숙했으며, 미국 보스턴에까지 유학을 했다. 당대 최고의 지식 청년으로서, 어쩌면 그것은 선택이라기보다는 사명에 가까웠을 것이다. 어린 시절 몸담았던 전통적 세계와 청년 시절 새로 발견한 거대한 신세계 사이에 낄 수밖에 없었던 그는 막을 수 없는 역사의 변화 속에서 조국의 미래를 위해 무엇을 생각하고, 고민했을까? 청년 송호근은 거기서 답을 얻고 싶었다.


## 왜 『서유견문』이었는가?

그렇다면 질문은 자연스럽게 이어진다. 유길준은 청년 송호근에게 어떤 답을 주었던가? 영미권 이론의 세례를 받은 사회과학자가 새삼 조선의 성리학적 전통에 관심을 두게 된 것이 그 시절 『서유견문』에서 얻은 그 무엇의 영향 때문인가?

"40대까지만 해도 '구조'를 알 수 있다고 믿었어요. 사회과학자로서 현실에 관한 분석을 하다 보면 그 유동적 현실을 움직이는 배후를 찾게 되고 그 배후에 구조적 힘이 있다고 생각했던 거예요. 또 일부 엿본 것도 있고요. 그런데 그 구조가 서구의 이론들하고는 안 맞아 들어가는 겁니다. 수백 년 동안 결정되어 온 우리네 마음의 양식이랄까? 한국에는 그런 게 있더군요."

저서 『인민의 탄생』에서 송호근은 고백한 바 있다. 유학을 마치고 갓 돌아왔을 당시에는 보스턴에서 얻어 온 초현대식 지식이 유용했었다. 현대 사회과학이 현실에 대한 명확한 답을 줄 수 있으리라는 확신이 들었다는 것이다. 그런데 얼마 지나지 않아 보스턴의 지식은 한계를 드러냈다. 토크빌의 민주주의론, 로크와 루소의 사회계약론, 베버의 사회경제론과 방법론으로 무장한 사회과학자에게 한국 사회의 현실은 암흑 상자와도 같았다. 표층은 그런대로 파악됐으나, 그 너머의 핵심은 여전히 어둠 속에 실체를 숨기고 있는 듯한…….

송호근은 무력감을 느끼기 시작했다. 이론의 그물로는 한국 사회의 역동적인 현실을 생포할 수가 없을 것만 같았다. 그러나 그런 고민에 빠져든 사회과학자가 송호근 혼자만은 아니었을 것이다. 1970년대 중반 대학에 입학하여 제1세대 외국 유학파 교수들에게서 서구 이론의 세례를 흠뻑 받으며 성장했고, 스스로 유학길에 올라 서구 이론을 스펀지처럼 흡수하여 귀국했던 동년배 학자는 아마도 다들 그 비슷한 불안감과 무력감을 느끼고 있었을 것이다. 그러다 1997년, IMF 사태가 터졌다. 그때의 충격을 떠올리며 송호근은 잠시 굳은 얼굴로 말을 멈췄다.

"정말로 충격이었습니다. 나는 그 전후해서 한국의 사회과학이 완전히 실패했다고 생각합니다. 경제학자가 그렇게 많은데 아무도 예측한 사람이 없었잖아요. 사회과학자들도 마찬가지지. 가만 생각해 보니까, 나는 뭘 했나 싶더라고. 아예 IMF의 뜻도 그때까진 몰랐으니까. 인터내셔널 머니터리 펀드(International Monetary Fund)……."

1997년 11월 22일. 그는 날짜까지 분명히 기억했다. 스탠퍼드 대학교의 국제회의에 참석했다가 돌아오던 길에 그는 그 뉴스를 처음 접했다. 한국이 IMF 체제로 갈지도 모른다고. 그때도 그는 비행기에 『서유견문』을 갖고 탔었다. 120년 전 유길준은 이미 이런 경고를 하고 있었다. 국채를 발행해서 시행한 공공사업이

만약 실패로 돌아가면 국민들은 빚에 쪼들리게 될 거라고. 12월 5일 임창렬 경제 부총리가 미셸 캉드쉬 IMF 총재와 악수하고 협약을 맺었다. 그때 신문 두 페이지 가득 기술 협정서(technical agreement)가 실렸다. 완전한 긴축. 돈에 씨가 마른다는 뜻이었고, 국가 재정이 파탄 난다는 의미였다.

붕괴하는 현실 세계 앞에서 이론의 지지대들은 맥없이 무너졌다. 학자로서 지닌 자긍심에도 상처를 입었다. 막연한 학문적 회의는 아무 도움이 되지 않았다. 이젠 변화해야 할 때였고 현실을 보는 틀부터 다시 생각해야 했다.

그렇다면 지금의 현실 사회는 어디에 뿌리를 두고 있는 것일까? 아마도 개화기 이후로 보는 것이 맞으리라. 시대상은 끊임없이 변모했지만, 지난 100년간 우리 역사에 주어진 현실적인 질문만큼은 한결같았다. 부강 독립 하려면 어찌해야 하는가? 열강 사이에서 조선, 아니 한국의 선택은 무엇이어야만 하는가? 지난 120년간 학자들은 저마다의 방식으로 그 답을 구하고, 또 제시해 왔다. 김윤식이나 어윤중 같은 학자들은 성리학의 틀에서 한 발자국도 벗어나지 않은 채 그 답을 찾으려 했고, 송호근 자신은 서구의 이론을 가져다 답을 구하려 했다. 바로 그 대목에서, 그에게 한 줄기 빛처럼 떠오른 것이 바로 『서유견문』의 유길준이었다.

유길준은 그 두 세계를 접합해 하나로 녹여 내려 했던 최초의 인물이었던 셈이다. 성리학의 세계에서 나고 자란 청년이 감히 성리학의 울타리를 넘어 미지의 근대 세계에 한 발자국 들여놓은 것이다. 서툴기는 했어도, 두 세계의 접목을 향한 과감한 시도가 바로 『서유견문』의 정수이자 혼이었다. 송호근은 실마리를 잡은 느낌이었다. 과거에는 새것을 들여와 옛것을 해석했다면, 이젠 그걸 뒤집어야 할 판이었다. 옛것을 불러다 새것을 해석해야 했다. 그때부터 조선 시대 사상가들에 관한 책을 읽기 시작했다.


## 두 개의 세계 사이에서

두 개의 거대한 궤도 사이에 존재하는 눈부신 접점의 좌표를 찾는 자. 학자 송호근에게서 내가 받은 이미지는 그랬다. 그렇다면 개인 송호근은 누구이며 어떤 삶을 살아왔을까? 좀 더 내밀한 고백을 들어볼 수는 없을까?

송호근은 자신의 집안에 대해 '한미한'이라는 단어를 썼다. 가난한 데다 지체가 변변하지 못하다는 사전적 의미 그대로였다고 했다. 초등학교 교사였던 아버지를 제외하면 아버지의 형제 중 공부를 한 사람은 아무도 없었다. 사대부가 아닌, 농민의 집안이었다.

고향은 영주였다. 한 살 때 상경했으니 고향이라 부르기도 민망한 터이지만, 그래도 뿌리는 늘 영주에 있었다. 거기엔 조부가 살고 있었다. 제사와 명절 때문이라도 1년에 몇 차례는 꼭 기차를 탔다. 청량리역에서 기차에 오르면 소백산맥 넘어

여덟 시간 걸리던 시절이었다. 송호근의 기억에 고향 마을은
할아버지가 논 갈고 밭 갈던 곳, 술 취해 휘이휘이 갈지자걸음
걷던 곳이었다. 경북에 그 흔한 향교도 하나 없는 시골 마을.
정확히는 영주에서 20킬로미터를 가면 순흥이 있었다. 안동이
학문의 중심이었다면 격식과 의례의 중심이라 할 곳이 바로
순흥이었다. 그저 농부이기만 했던 할아버지와 달리, 교사였던
송호근의 부친은 순흥을 자신의 고향으로 여겼다. 안동을
이기려면 의례로 맞서는 수밖에 없다는 것이 순흥 사람들의
생각이었고, 송호근 부친의 생각이었다. 송호근은 장남이었고, 그
역시 자유로울 수 없었다.

　"그야말로 어마어마한 격식이었죠."

　그는 '어마어마한'이라는 부사를 썼다. 말도 배우기 전에
고향을 떠나 제례 때나 돌아오는 서울 학생이었을 그에게 경북의
촌로들이 목숨처럼 지켜 내고자 했던 의례와 격식이 얼마나 큰
압박이었을지, 그 단어에서 느껴졌다. 한편 그 단어를 말하는
그의 음성에서는 또 다른 회한의 감정도 느껴졌다. '어마어마한
격식'에 따라 의관을 갖추고 제례를 올리는 노인들 뒤에 머리를
조아리고 섰을 때, 외국에서 돌아온 이 젊은 사회과학자는
어떤 생각을 하고 있었을까? 그의 머리는 압박감과 이질감으로
조여들고 있었지만, 그의 뼛속 깊은 곳에서는 벅찬 울림 같은
것이 느껴졌던 것도 사실 아닐까? 수십 년의 서구식 교육을
받고도, 심지어 사회과학도로 유학까지 다녀오고도 아직 몸속에

남아 있던 그 울림이 그에게는 또 다른 한계이자, 실마리로 여겨졌던 것은 아닐까?

아버님이 돌아가시기 몇 해 전, 송호근은 그 어마어마하던 제사를 폐했다고 한다. 순흥 사람을 자부했던 83세의 아버지는 펄쩍 뛰며 반대했었지만, 아들도 물러서지 않았다. 정도전에게서 비롯된 『경국대전』에 적힌 평민의 제사법까지 인용하며 아버지와 맞섰다. 소수서원에 걸린 주세붕의 제사법도 들이댔다. 연로했던 아버지는 일단 아들의 뜻을 받아들였지만, 마음마저 동의한 것은 결코 아니리라.

아버지와 맞서는 과정에서 뿌리에 관한 그의 관심은 오히려 깊어졌다. 그는 송가의 본관부터 파고들었다. 그의 본은 야로. 송씨 본관 중 가장 소수였다. 집성촌을 찾아보았더니 합천 해인사 입구에 야로면이라고 있었다. 동네 사람들에게 물어 시조산에 올라 사당 한 곳에 예를 갖추고 절을 했다. '여기 이곳이로구나.' 하고 생각했는데, 엉뚱한 집안의 사당에 절을 올렸다는 것을 알게 된 것은 다시 마을로 내려온 뒤였다. 송씨 집안 사당을 다시 찾아볼 생각을 안 한 것은 아니었지만, 이미 해가 지고 있었다.

이번에는 한국학중앙연구원의 자료를 뒤져 보았다. 1570년부터 1750년까지 약 200년 동안 과거에 급제한 인물들의 정보가 수록된 자료가 있었다. 조선은 역시 기록의 나라인 모양. 식년시에 합격한 인재들의 등수까지 일목요연하게 적혀 있었다.

집계를 해 봤다. 안동 김씨는 무려 450명, 안동 권씨는 420명의 급제자를 배출한 가문인 데 반해, 야로 송씨는 손에 꼽을 정도. 그나마 200년 동안 가장 우수한 성적이 5등이었다.

그러나 이 기록을 뒤지는 과정에서, 그는 자신의 DNA 속에 '글'이 있다는 걸 절감했다고 했다.

'조선의 핵심은 문에 있고, 나는 그 끝자락에서 현대판 글쟁이의 삶을 살고 있을 뿐이로구나.'

글은 '존재의 집'이라고 하지만, 동시에 역사성이 부여된 것이었음을 새삼 깨달았다.

그의 이야기를 들으며, 어쩌면 그의 삶 자체가 두 개의 세계 사이에서 결코 자유롭지 못했는지도 모르겠다는 생각이 들었다. 한국의 역사가 그랬고, 그의 세대가 더욱 그랬지만, 송호근의 경우엔 그 갈등과 마찰이 누구보다도 더했을 듯하다. 학자로서의 지금 그는 우리 시대에 해답을 줄 눈부신 접점을 쫓고 있지만, 그의 삶 속에서 두 세계가 만들어 내는 접점의 좌표는 언제나 아픔과 갈등일 뿐이리라.


## 처음으로 실패를 맛보다

이쯤 해서, 우리 시대의 지성을 만나 나름의 깨우침을 얻은 것으로 이 글을 맺기에는 뭔가 아쉬운 건 왜일까? 단정하다 못해 강직해 뵈기까지 하는 그의 풍모에 누가 될 에피소드를 내처 공개하고 싶은 이 기분은 후배의 역심일까, 짓궂은 장난기일까? 어쨌거나 송호근의 학자적 고뇌와는 다른, 그러나 그 못지않게 혼란스러웠고 그보다 더 고통스러웠을 한 시절의 고뇌를 마저 전하려 한다.

그가 겪은 첫 실패는 대학 입시 낙방이었다. 명문이었던 서울중과 서울고를 다니며 수석을 다투고 천재 소리를 듣던 그였는데 입시에서 미끄러지고 만 것이다. 그 자신보다도 주위에서 더 믿을 수 없어 했다. 그의 고등학교 후배 하나는 "호근 형의 재수는 충격이었다."라고까지 했다. 그 얘기가 나오자 송호근은 "아, 이거 소주라도 한잔 하면서 얘기해야 하는데."라며 민망해했다.

입시 당일, 시험은 오전 7시인가 7시 30분쯤부터 시작이었다고 했다. 불안한 마음에 전날 동숭동 근처 여관에 들었는데, 그게 사단이었다. 학교에서는 수재에 우등생이었지만, 여관에서는 한낱 숫기 없는 청소년에 지나지 않았을 터. 옆방 남녀가 만들어 내는 밤의 소란에 그만 잠이 달아나 버리고 만 것이다. 밤새 한잠을 자지 못했으니 입시장에 들 때는 이미 제정신이 아니었다. 하필 상대적으로 가장 취약했던 수학이 첫 과목이었다. 쉬운 문제인 줄은 알겠는데 첫 문제부터 답이 써지지를 않았다. 내리 일곱 문제를 깜깜절벽으로 떨어뜨리고 나니 뭐가 뭔지 모를 지경. 나중에 보니 수학 점수가 0점이었다고 한다. 인생에서 처음 맛보는 실패였다. 융통성도 유연성도 도무지 없던 우등생의

자존심에 세상이 호된 채찍질을 가한 셈이었다.

그렇게 시작된 재수 시절, 이미 대학에 들어간 고교 동창의
주선으로 그는 미팅에 나간 적이 있었다. 친구들은 모두 어엿한
대학생이고 자신만 재수생인 힘겨운 상황에, 상대는 막 피어나는
이화여대 무용학과 학생들. 결국 그날의 기억은 또 하나의
흉터로 남고 말았다. 파트너가 된 여학생이 호근의 재수생
신분을 알자마자 아예 말문을 닫아 버렸던 것이다. 여학생의
굳은 표정 앞에서 스무 살 호근은 마음을 다치고 말았다. 대학
입학 이후에도 그는 4년 내내 미팅을 한 번도 하지 않았다고
한다.


## 아스라한 꿈 대신 선택한 길

그러나 이렇듯 꽉 막힌 모범생에게도 대학 시절은 열정과
낭만으로 충만했다. 그에게는 다름 아닌 문학이 있었기 때문이다.
여느 문학청년들과 다름없이, 그 역시 고교 시절의 문예반
반장이었다. 무서운 기세로 문학책을 읽어 치우던 시절이었다.
신기하게도 읽는 족족 문학책의 페이지들이 그의 머릿속에
들어와 앉았다. 저절로 외워지다시피 했던 그 구절들은 수십
년이 지난 지금까지도 그대로 남아 있다. 회색인, 총독의 소리,
젊은 느티나무……. 필사 노트도 물론 있었다. 밑줄 긋고 싶은
구절들은 베껴 쓰기도 했다. 국어 선생님은 그를 기특해했지만,

친구들은 별 미친놈을 다 본다는 식이었다. 하지만 결국 그 필사 노트 속의 문장들은 송호근의 자산이자 밑천으로 남았다.

사회 계열로 대학에 입학해 놓고도, 신입생 송호근은 매일 인문대로 '등교'했다. 그곳에는 당대의 문재였던 이성복, 황지우, 이인성, 정과리 등이 진을 치고 있었다. 호근은 하루가 멀다고 그들과 어울렸다. 두 살 위였던 이성복은 집 방향까지 같아 등교와 하교를 숱하게도 함께했다. 그 영향인지, 호근도 시를 쓰기 시작했다. 하루는 서울대 대학 신문에 송호근의 시가 실렸다.

"성복이 형이 나보고 잘 썼다고 그러더라고. 그런데 그 다음번에는 성복이 형 시가 대학 신문에 실린 거야. 보니까 수준이 달라. 그는 프로, 나는 아마추어. 접어 버렸지."

그러나 붓을 놓기 전, 그는 한 번 더 고민했다.

'나는 사회과학을 공부하고 있으니, 창작에 사회과학을 더하면 평론이 되는 게 아닌가? 좋다, 평론을 쓰자.'

그는 즉각 '평론가 선언'을 했다. 당시에는 대학 신문사 문학상에 뽑히면 문인 대우를 해 주던 시절이었다. 그는 평론을 써서 응모했다. 그런데 이번에는 또 정과리에게 밀렸다. 그와 함께 마지막 두 명에 들고 최종 본심에서 떨어진 것이다. 약이 오른 그는 1년간 집중적으로 문학을 파고들었다. 당시 발표된 소설은 하나도 남김없이 찾아 읽었다. 그리고 이듬해, 대학문학상 공모 평론 부문 당선자는 마침내 사회학과 송호근이었다. 당시

심사위원은 국문과 김윤식 선생.

"그분이 나를 부르시더라고. 그러더니 국문과로 오라는 거예요. 한참 망설였어요. 정말 문학과 사회학 사이에서 고민을 많이 했다고."

그러나 스무 살 시절 그 열렬했던 고민의 결과는 역시 사회학이었던 셈이다. 그 결과 문학은 그에게 아스라한 꿈을 남긴 옛 애인이 되어 멀어져 갔고, 사회학은 평생의 고민거리이자 어깨 위에 얹힌 묵직한 짐이 되어 남은 것이다. 문학과 사회학 사이의 눈부신 접점 위에서 아파하고 갈등했던 스물 몇의 청년은 지금 시대의 궤도를 밝히려는 듬직한 등불 하나가 되어 우리 곁에 남았다.

우리는
친구들이
필요한
세상에
살고 있다

무용가
안은미

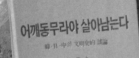

# 어깨동무라야 살아남는다

박용구

안은미의 탐독

약속 장소인 한남동 순천향 병원 주변의 커피 전문점에,
안은미는 스쿠터를 타고 도착했다. 신명의 화신이랄까?
이야기하는 동안 그의 열정에 전염되는 듯한 느낌을
강렬하게 받았다. 그 에너지를 경험한 사람은 누구라도 어쩔
수 없이 감염될 것 같다는 확신을 주는, 정열의 화신이었다.
면도칼을 애용한다는 헤어스타일에 너군나나 날렵한
오토바이를 타고 다니는 쉰 무렵 한국 여자를
만나는 일이, 자주 할 수 있는 경험은 아니다. 빡빡머리
무용가 안은미는 약간 쉰 목소리로 열변을 쏟았다.

"내가 중심이라는 자의식을 내려놓으니까 마음이 편안해졌어요. 마음이 편안해지니까 모든 게 아이디어가 되더라고요. 그동안 제가 공연한 레퍼토리가 100개가 넘어요. 30년에 걸친 작업이었죠. 그 30년 동안 안은미가 누군지 다 보여 줬고, 세계에 나가서도 다 보여 줬어요. 지금까지는 한 우물을 깊게 팠다면, 이제부터 제 목표는 '안은미를 없애자.'예요."

무용에 관심 있는 사람이라면 익숙한 이름이지만, 안은미는 지난 20~30년 동안 한국 현대무용의 슈퍼스타였다. 초대권 일색이었던 일반 공연과 달리, 그의 공연은 관객들이 직접 표를 구매해야 하는데도 만원을 이뤘고, 30년 동안 100개가 넘는 레퍼토리가 상징적으로 보여 주듯, 성실과 창의로 자신의 경력을 쌓았다. 국내에서뿐만이 아니었다. 1990년대부터 뉴욕을 근거지로 활동하면서 특유의 원시적 생명력이 꿈틀대는 작업으로 안은미는 세계의 박수를 받았다. 맨헤튼 예술재단의 안무가상(1999년), 뉴욕 예술재단의 아티스트 펠로십(2002년), 또 2006년 무렵에는 춘향에 대한 새로운 해석이었던 「신춘향」으로 이탈리아, 영국, 벨기에, 네덜란드, 프랑스 등 다섯 개 나라를 순회공연했다. 그러던 안은미가 이제 자신을 내려놓은 것이다. '나를 바꾼 책, 내가 바꾼 삶'의 인터뷰 주인공으로 그를 만나게 된 것은 무용가 안은미가 최근 몇 년간 한 작업 때문이다. 안은미 프로젝트의 큰 제목은 「조상님께 바치는 댄스」와 「사심 없는 댄스」. 자신이 주인공인 무대가 아니라, 우리가 흔히 관객들, 아니

대중이라고 생각했던 평범한 개인들이 주인공이다. 범박한 시골
할머니들이 춤판을 벌이고, '아이돌 얼짱'이 아니라 주변에서
흔히 볼 수 있는 10대 청소년들이 열과 성을 다해 몸짓을 나눈다.


## 스쿠터를 타고 도착한 빡빡머리 여자

안은미를 만난 곳은, 그의 집 근처 카페였다. 그는 약속 시각
5분쯤 지나, 요란한 스쿠터 소리와 함께 도착했다. 테이블에
앉더니 휴대전화를 꺼내 올려놓는다. 휴대전화 뒤에 달린 천사
날개가 휴대전화의 직립을 지지하고 있었다. 시중에서 파는,
일종의 아이디어 거치대. 하지만 빡빡머리 무용가가 그런
휴대전화를 가지고 다니니, 예술가의 존재 증명으로 보였다.
안은미는 발랄하게 말했다.

"작위도 내가 하면 예술이 돼요. 내가 즐거워서, 내 에너지가
넘쳐서 하는 일이니까."

자신의 이력을 소개하는 문장과 단어도 무척이나 격식이
없다. 하이서울페스티벌 예술감독이라는 감투를 2년이나 썼는데,
"비정규직일 뿐"이라고 한마디로 일축한다거나, 자신의 특기는
'농땡이'라고 표현한다거나. 무용과 공연을 잘 모르는 일반인들은
안은미의 외모와 스타일만 보고 "점 보는 분이시냐?"라고도
묻는다고 했다.

원래 고향은 경상북도 영주. 하지만 일찌감치 서울로

올라왔고, 서울 홍제동 안산초등학교를 졸업했다. 금란여중, 금란여고 무용반 출신에 이대 무용과 졸업. '스펙'만 보면 모범적이고 잘나가는 엘리트 코스를 순탄하게 밟아 온 것으로 보인다. 파격적인 그의 공연 스타일을 아는 사람들에게는 꽤 의외다. "껄껄" 하고 웃으며 그가 말한다.

"겉모습만 그래요."

그는 어릴 때부터 밖에 나가서 노는 게 미치도록 좋았다고 했다. 단순히 춤이 아니라 밖에서 노는 게 그렇게 좋더라고.

"다섯 살 때부터 흙산에서 뛰어놀았어요. 너무 신나는 거지. 서울에 처음 올라와 살았던 곳이 장승배기 쪽이었는데, 동네가 좀 시골 같은 느낌이 났어요. 한가한 동네였지. 놀이터도 따로 없는데, 다들 알아서 놀아. '준비, 땅!' 그러면 흙산으로 뛰어올라 가서 굴러 내려오는 거야. 또래들이 한두 번 하는 동안 나는 다섯 번을 굴러 내려왔지. 밥을 먹이기가 어려운 아이였대요, 나는. 무조건 소리 지르면서 뭔가를 했어요. 그때부터 운동선수가 됐든, 춤꾼이 됐든, 몸으로 뭔가를 쓰는 아이가 된 거야. 현실에서는 볼 수 없는 캐릭터였지. 뭐 대략 그런 세계가 내가 꿈꾸던 세계였어요. 일종의 접신(接神)의 세계지. 무당 같다는 말이 괜히 나오는 게 아니라고."

## 여자 같다는 말이 싫다

그는 에너지의 화신이다. 한다면 하고, 안 한다면 안 하지, 적당히 하지는 않는다. 2남 2녀 중 셋째였는데, 형제자매는 각자 놀았다. 언니는 일곱 살 위였고, 오빠는 네 살 위였으니, 어느 정도 이해가 가는 일이다. 대신 남동생과 함께 놀았다. 무조건 누나 말을 잘 듣는 남동생에게 명령했다.

"강아지가 되어라."

"말이 되어라."

동생은 말없이 개가 되었고, 또 한 번 명령에 따라 말이 되었다.

다섯 살 때였던가. 길에서 우연히 무용 학원 간판을 봤다.

"무작정 올라가서 하고 싶다고 했더니, 원장님인가 그러시더라고. '어머니 모시고 와.' 그래서 엄마한테 말했더니, 돈이 없대. 푸핫."

발레는 싫었다. 선머슴 같은 그에게 발레는 너무나 피메일리스틱(femalistic)한, 여성적인 느낌 물씬 묻어나는 것이었다고 했다.

"내가 예쁘지도 않지만, 그건 내 삶이 아닌 것 같았어요. 흙산에서 뛰어놀던 여자가 나야. 나는 예쁜 척한 것과는 태생적으로 거리가 있는 사람이에요. 그런데 현대무용은 맨발로 한다는 거야. 그건 내가 해도 될 것 같더라고요. 현대무용에 대한 아무런 정보도 없이, 단순히 맨발로 한다는 것 때문에 고1

때 시작한 겁니다. 마침 고등학교 특별활동반에 현대무용이 있었어요. '하느님이 나에게 현대무용을 보내 주셨구나.' 하고 생각했죠."

그렇게 "돈 없다."라고 버티던 어머니가 드디어 레슨비를 줬다. 현대무용은 그렇게 시작했다. 이대 무용과는 자타가 공인하던 현대무용의 메카. 하지만 배울수록 아쉬움이 커졌다.

"현대무용은 이 시대의 정신을 찾는 거라고 생각했어요. 하지만 다들 외국 사람들이 만들어 놓은 기법만 가지고 반복하더라고. '이건 내 몸에 맞지 않고, 시대정신도 없다.' 그렇게 생각했지. '동시대의 삶을 찾아야겠다.' 이렇게 생각했어요."

그럴 때 박용구를 만났고, 그의 책이 도끼가 된 것이다.


## 어깨동무라야 살아남는다

그는 이 책을 "자신의 미래를 결정했다."라는 표현으로 요약했다. 무용 비평가 박용구의 『어깨동무라야 살아남는다』. 이 원로 비평가의 저작은 한·중·일 삼국의 문명 교류와 우애를 강조한 책. 에너지 넘치는 이 춤꾼은 이 책의 의미를 자신을 버리고 타인을 주인공으로 해야 한다는 교훈으로, 그것도 한 명의 개인이 아니라 여러 사람과 함께하는 타인과의 어깨동무라는 개념으로 확장했다.

"주인공이 아니라 서포터로 남겠다는 거죠. 내가 아니라
타인들이 주인공이고요. 그분들이 행복해지는 걸 보면 내가
행복해져요. 맞아요, 어깨동무. 우리는 친구들이 필요한 세상에
살고 있어요. 우리 모두는 다 머리는 좋지만 외롭잖아요. 이제
나는 남을 도와주는 존재가 되고 싶어요. 하다 보니 그걸 훨씬 더
잘할 수 있는 것 같기도 하고요."

그는 "간단하지만 제 중심을 지켜 주는 힘이 됐던 책"이라고
했다. 가령 「조상님께 바치는 댄스」 하나만 놓고 봐도,
『어깨동무라야 살아남는다』에서 영향받은 대목이 비일비재하다.

예술이 자기중심적이라면, 소통은 같이해야 하는 것. 예전에는
공연자가 있고, 소비자가 티켓을 샀지만, 지금은 어깨동무로 같이
가야 한다는 사실을 알려 주는 지침서이기도 하다. 그는 자신의
성격 자체도 무엇인가를 같이하는 걸 좋아한다고 했다.

"그래서 더 다가왔는지도 몰라요. 춤은 혼자서 잘난 척 추는
것도 있지만, 같이해서 공동체 정신으로 살아남을 때, 모두가
행복해지는 것이기도 하니까요."

이 대목에서 박용구 선생에 대한 소개가 좀 더 필요할 듯싶다.
그는 제1차 세계대전이 발발한 1914년에 태어나 2016년 세상을
떠난 원로 비평가다. 백수(白壽)를 넘긴 것이다. 그의 삶을 20세기
한국 문화계의 타임캡슐로 보는 후배가 많다. 한국 최초의 중등
음악 교과서를 만들었고, 한 세기 동안 음악 평론가로, 무용
평론가로, 작가로, 예술 행정가로도 문화계를 누볐다. '살아

있는 전설'이라는 표현이 어색하지 않았다. 천재 시인 이상, 작곡가 김순남, 시인 정지용, 백석, 설정식 등과 교유했으며 이미 1930년대에 뮤지컬을 제작했다. 해방 전 일본에서 음악 평론 활동을 했고, 활발한 연극 활동도 했다. 1967년 초연한 한국 최초의 창작 뮤지컬 「살짜기 옵서예」의 기획자이고, 1988년 서울 올림픽 때는 개막식과 폐막식의 시나리오를 썼다. 1980년대 후반에는 MBC 방송문화진흥원 이사장을 지냈다. 숨이 가쁜 문화적 이력이다.

안은미는 박용구 선생을 '아버님'이라고 불렀다. 스물한 살 때 처음 만난 과 친구의 아버지이기도 했지만, 실제 아버지 이상으로 엄격하고 자상했다. 그는 박 선생을 이렇게 묘사했다. 88 올림픽 때 처음 등장한 '벽을 넘어서'라는 표현을 만든 사람. 원리주의자이자 원칙주의자이고 타협이 없는 사람. 생계에 대해서는 원고료로 끼니만 해결하고, 늘 책 읽고 글 쓰는 데만 관심 있던 사람. 30년 넘게 안은미는 '아버님 박용구'를 따랐다. 시차를 뛰어넘는 방법, 시간을 뛰어넘는 방법을 그에게 배웠다.

1988년 서울 올림픽 때 '천지인의 조화'와 '벽을 넘어서'가 박용구가 제안한 주제다. 당시 좋은 반응을 얻었던 고싸움 역시 박용구의 아이디어였다. 양쪽이 부딪쳐서 올라가고 겨루지만, 마지막에는 공중에서 둘이 악수하면서 끝나는 그림. 박용구는 자신이 구상한 것 중에서 가장 성공한 것이 그 장면 같다고 했다. 둘이 악수하고 어깨동무하며 함께 사는 것.『어깨동무라야

살아남는다』는 아마도 그 의미와 어깨를 나란히 하고 걷는지도
모른다.

지난 100년 동안 겪은 20세기의 격동이 고스란히 그의 인생
100년과 겹친다. 8톤짜리 어선을 타고 풍랑이 거센 현해탄을
건너 일본으로 밀항도 했고, 10년 동안이나 일본에서 무국적자로
살면서 조총련 회관이 어디 있는지도 모르고 살았는데, 한국에
돌아와서는 간첩 혐의로 투옥까지 당했다. 그런가 하면 MBC
방송문화진흥원 이사장이라는 감투도 썼다. 인간 만사 새옹지마.

안은미는 자신을 싫어하는 어른은 한 명도 없다는 자부심을
품고 있다. 기본적으로 자신이 어른들을 너무 좋아한다는 것.
박용구가 워낙 대가이다 보니, 그리고 그런 대가를 모시다 보니,
당연히 자신을 채찍질하며 겸손해지는 방법들을 알게 되었다는
것. 그리고 여기서 얻은 교훈이 상생이다.


## 묵은지 같은 내공을 생기게 해 주는 것

다시 책 이야기로 돌아왔다. 어떤 사람들은 무용하는 예술가가
책 이야기를 하는 것이 작위적이라고 생각할지 모른다. 그에
대해 안은미는 이렇게 말했다.

"나는 지금도 강의를 할 때면, 늘 책이 중요하다고 얘기합니다.
일반인이건, 내 제자들이건. 책은 가장 짧은 시간에 가장 많은
경험을 하게 해 주는 매체예요. 소통의 기호이기도 하고요. 많이

알수록 유리합니다. 무용가라고 해서 예외는 아니죠."

그는 세계인의 언어가 된 영어도 결국 하나의 기호 아니냐고
했다. 작품을 대중 앞에 내놓을 때는 기본적으로 '기호'가 대단히
발전해 있어야 한다는 것. 따라서 무용하는 사람들은 춤도
춤이지만, 책을 제대로 읽어야 한다는 것이다. 21세기는 창조의
시대라지만, 창조는 기본이 되어야 터져 나오는 것이다. 인문학적
배경이 바탕이 되지 않으면, 얘기가 재미있을 수 없다는 것.
안은미는 이렇게 표현했다.

"데이터베이스가 없으면 기분만 얘기하고 끝나죠. '나 기분
나빠.', '이거 재미있어.' 이렇게 단말마적으로만 끝난다면 그게
무슨 의미겠어요."

이 인문학적 춤꾼은 대신 소설은 잘 안 읽는다고 했다. 현실적
리얼리티인 픽션은 별로 좋아하지 않는다는 것.

'한국의 종교는 무엇일까? 철학은 무엇일까?'

인문학을 읽는 게 재미있지, 소설에는 별 흥미를 느끼지
못한다고 했다.

"사람들의 욕망은 점점 커져 가는데, 나이가 들수록 점점
게을러지죠. 그러면서 남 탓을 하게 됩니다. 나도 마찬가지.
그럴 때 깨달아요. '아, 이게 공부하라는 신호구나.' 세상은 돌고
돌면서 실패와 성공이 번갈아 찾아오는 것 같아요. 잘될 때도
있지만, 고꾸라질 때도 있죠. 이럴 때 처절한 좌절을 곱씹으면서
책을 읽어요. 적어도 저는 그렇습니다. 그러면 묵은지처럼 내공이

생기는 거지. 뭔가를 해도 알차게 할 수 있는 내공 말이죠."


## 열정 노동은 착취가 아닐까

책을 읽으며 묵은지처럼 내공을 쌓고 있다는 이
에너자이저에게 이런 대목을 묻고 싶어졌다. 요즘은 문학도
그렇지만, 순수예술로서의 춤은 너무나 가난한 예술. 단순히
춤뿐만 아니라, 예술가를 꿈꾸는 젊은 재능들을 지금 이 사회가
착취하는 것은 아닐까? 더구나 약간의 재능이 있다고 해도,
모두가 선망하고 인정하며 감탄하는 재능까지는 부족한 사람이
대부분 아닐까?

최근 한국예술종합학교 연기과 경쟁률이 40 대 1이었다는
얘기를 들은 적이 있다. 단지 약간의 재능이 있고, 그 일을
좋아한다는 것만으로 이 분야에서 성공할 확률이란 너무나 낮지
않을까? '열정 노동'이라는 표현이 나온 이유도 그래서일 것이다.
좋아한다는 이유로 자발적 희생을 감수하는 것. 꿈을 꾼다는
것은 물론 좋은 일이지만, 사회적으로 비용이 너무 큰 것은
아닐까? 이게 과연 추천할 만한 일일까?

필자는 현실주의자였고, 안은미는 에너자이저였다.

"아무리 그래도, 그 일을 하고 싶다는 친구들을 막을 수는
없어요. 내가 국민학교 때 가장 잘나가는 직업이 은행원이었죠.
그 사람들은 걸어 다닐 때조차 목소리가 달랐다고. 은행원에게는

프라이드가 느껴졌어요. 이제 세월이 바뀌어 직업의 위상이 바뀐 것 같아요. 모두 연예인이 되고 싶어 하잖아요. 인생 한 방이잖아. 모험을 걸더라도 한 방의 세계. 화려하고, 옛날에 비해 사회적으로 좋은 일도 많이 하고. 실제로 그런 연예인도 많이 생겼죠. 마치 아이폰의 앱(app) 같아요. 내가 개발해서 하나만 터지면 내가 아이폰이 되는 거잖아. 그런 세계가 보이니까 달려드는 게 아닐까?"

한 번 더 물었다. 그래도 확률이 너무 낮은 승부이지 않은가? 서른이 훌쩍 넘었는데도 가능성 안 보이고, 비전 없는 친구가 많은 게 현실 아닌가? 과연 희생을 감수하더라도 해야 할 일일까?

"어떤 학생들은 물론 포기해요. 하지만 나는 이렇게 얘기합니다. '견딜 수 있으면 해라. 반대는 안 한다. 하지만 힘들다. 버티고 안 되면 갈 길 가라.' 하지만 인간은 꿈을 먹고 사는 존재예요. 그렇게 세트업(set up)된 사람들에게는 안 돼요. 낙천주의가 아니라 계산을 해 보면, 테스트를 해 보면 결과가 그렇게 나와요. 부모도 못 말려. 본인이 겪어 보고 인정할 때까지는 안 돼. 사회가 이 아이들을 그렇게 만들었는데, 못 말리지, 당연히."

안은미의 깨달음은 이런 것이다. 열정 노동이 착취가 아니라는 것이 아니라, 인간의 꿈은 남이 말릴 수 있는 것이 아니라는 것. 여기서 안은미의 깨달음이 추가된다. 한 걸음 더 확장하면,

나의 꿈은 타인과 함께 꾸거나 어깨동무하지 않으면 자신만의
개꿈으로 끝나고 만다는 것.


## 아메바가 되고 싶다

안은미가 박용구의 『어깨동무라야 살아남는다』를 내 인생의
책으로 꼽는 이유도 마찬가지다. 그가 쉰이 넘어서 자신이
주인공인 공연보다 남들이 주인공인 공연을 만드는 데 힘쓰는
이유이기도 하다.

"마음을 내려놓으니까, 모든 게 아이디어가 되더라고요.
마음을 내려놓았다는 건, 자기중심을 내려놓았다는 거죠.
내가 학습하고 배웠던 것들 말이죠. 나는 한 우물을 깊게
팠던 사람입니다. 이렇게 30년을 했으니까요. 이제 우물은
충분히 팠어요. 레퍼토리만 100개가 넘는다고. 안은미가 어띤
존재인가는 다 보여준 것 같고, 세계에 나가서도 다 보여준 것
같고, 이제는 안은미를 없앨 때라고 결심했어요."

안은미는 이런 표현을 썼다. "타인 옆에 붙어서 기생하는
아메바가 되고 싶다."라고.

"내가 주인공이 아니라 타자가 주인공이고, 나는 서포터이자
아이디어 뱅크가 되고, 그들이 행복한 걸 알고, 내가 행복해지는
것. 책 제목하고도 맞는다. 어깨동무. 우리는 친구들이 필요하다.
들어 줄 친구. 머리는 다들 좋지만 외롭지 않은가?"

박용구는 '심포카'라는 개념을 발의한 적이 있다. 심포카는
심포니에서 만든 조어다. 심포니가 종합적인 음악 양식인
것처럼, 심포카는 IT 문명이나 인공위성 기술까지 결합한
종합적인 예술 방식이다. 연극이라는 실상과 영상이라는
허상이 결합하고, 극장이라는 닫힌 공간과 위성방송이라는
열린 공간이 공존하고 거기에 음악, 무용, 연극과 같은 기존
예술 장르가 다 뭉친 그런 종합적인 예술. 박용구는 이윤 추구로
전락해 버린 국제올림픽위원회(IOC)를 대신해서 예술로 서로가
겨루는, 심포카들의 문화 올림픽도 한반도에서 열 수 있는 것
아니냐고 한 적이 있다. 그에게 이는 한반도 르네상스로 가는
입장권이기도 하다.


## 숨쉬기 운동에서 널뛰기 운동으로

「조상님께 바치는 댄스」와 「사심 없는 땐스」를 요약하면
평범한 사람들의 소박한 몸짓에 담긴 새로운 에너지의 발견이다.
2010년 안은미는 자전거를 타고 전국을 돌며 '할머니'들을
캐스팅했다. 과거의 시간과 공간을 기억하는 할머니들의 몸짓.
비록 소박하지만, 그 몸짓에는 격동의 20세기를 살아 낸 뜨거운
생명력과 21세기를 살아가는 새로운 삶의 에너지가 담겨 있다는
믿음이었다. 이들의 막춤을 카메라와 녹음기에 채록하고,
나중에는 직접 서울의 공연장으로 초대해 무대에 올렸다. 전국을

돌며 기록한 '춤추는 할머니'들의 영상이 공연 중 상연되기도
하고, 또 영상 속에서 춤추던 할머니와 할아버지가 무대에
올라 안은미 무용단과 함께 춤을 춘다. 안은미 특유의 신명과
에너지가 어깨동무를 하고 서로를 넘나드는 것이다.

"예전에는 공연자가 있었고, 또 소비자가 따로 있어서 티켓을
사는 것이었다면, 지금은 어깨동무로 같이 가야 하는 것이라고
생각해요. 내 성격 자체도 함께하는 걸 좋아하고요. 그래서 아마
이 책이, 이 공연이 더 다가왔는지도 몰라요. 춤은 혼자서 잘난
척 추는 것도 있지만, 함께하면서 공동체 정신으로 살아남을 때
모두가 행복해지는 것이거든요."

할머니, 할아버지와 함께 추던 막춤은 10대와 함께하는 「사심
없는 댄스」로 이어졌고, 지금은 다시 전국을 돌며 대한민국
아저씨들의 춤을 채록한다. 보통은 국도를 타고 돌아다니다 시골
동네에 붙은 플래카드에서 '사냥감'을 발견한다. ○○초등학교
37회 체육대회, ○○고등학교 총동창회 같은 플래카드들이다.
때로는 산악회 점심 자리를 우연히 만나 무조건 들이대기도
하고, 주유소에서 기름 넣는 아저씨들에게 무작정 졸라 대기도
한다. 쑥스럽고 민망해 사양하는 아저씨도 많지만, 읍소 끝에
보여 주는 그들의 몸짓에는 절묘한 긴장과 묘한 힘이 있다. 그
긴장과 힘에서 다시 또 이 에너자이저는 자신을 충전한다.

"외국 사람들이 만들어 놓은 기법은 내 몸에 맞지도 않고
시대성도 없다고 생각했어요. 동시대의 삶을 찾아야겠다는

생각으로 가득했죠. 결국은 내가 납득하고 설득될 수 있어야 사람은 움직이는 거잖아요. 우리는 집단이 가지는 힘에 눌릴 때가 많아요. 다수라는 이유만으로, 혹은 소수가 가지는 거대한 힘에 끌려갈 때 느끼는 답답함. 이런 답답함을 대신 풀어 주고, 반박의 목소리를 할 수 있는 게 예술이라고 생각해요. 그 일을 하는 게 예술가이고요. 통념의 격파랄까?"

지금 안은미는 혼자 하던 숨쉬기 운동에서, 함께 뛰는 널뛰기 운동으로 자신의 중심을 옮겼다. 흙산에서 혼자 뛰어놀던 여자아이는 이제 할머니, 할아버지와 10대 청소년에 이어, 대한민국 아저씨들과도 함께 뛰고 있다.

'어깨동무라야 살아남는다.'

빡빡머리 무용가, 안은미의 믿음이다.

내가 변하면
세계가
변할 수 있다는
확신을 품고

요리 연구가
문성희

# 월든

헨리 데이비드 소로

문성희의 탐독

도시에 사는 사람들은 위로가 필요하다.

신자유주의의 가공할 속도전에 뒤처지면 끝장이다.

그들은 아침 지하철의 군중 속으로 허겁지겁 뛰어들고,

빠듯한 월급을 쪼개 아이들을 학원에 밀어 넣으며,

큰 소용없다는 사실을 알면서도 자기 계발서와

경제·경영서를 탐독한다. 이러니 마음과 몸에 탈이

날 수밖에. 철학과 종교, 문학이 그들을 위로하는데,

가끔은 위로의 주체가 요리일 수도 있다.

『평화가 깃든 밥상』을 쓴 자연 요리 연구가 문성희 씨도

그중 한 명이다. 생태 문화 공간인 파주 헤이리

논밭예술학교에서 그의 자연 요리 강의를 들을 수 있었다.

충북 괴산에는 아예 자연 요리 연구소를 차렸다. 쳇바퀴의 무한궤도를 반복하고 있는 현대인들이, 궤도 이탈을 꿈꾸며 그를 찾아온다. 한때는 부산에서 잘나가는 요리 선생이었는데. 소박한 자연 요리가 아니라 화려한 한정식이 주 전공이었는데. 그는 왜 먼저 궤도를 벗어난 걸까? 우선 그가 누구인지부터.

## 먹는 걸 가지고 장난치고 있다

"내 주변에는 노동운동, 민주화 운동 하는 친구가 많이 있습니다. 또 한편으로는 최고의 패션 디자이너처럼 으리으리한 친구들도 있죠. 대척에, 양극에 서 있어요. 어려서는 정체성 혼란을 많이 느꼈습니다. 극단적으로 다른 그런 인연들이 아마 인생의 전환을 가져오게 한 걸지도 모르죠."

이미 열렬한 '신도'까지 생기기는 했지만, 요리의 영역을 벗어나면 그의 이름은 아직 대중에게 낯설다. 부산 대양공고 설립자 문태곤 씨와 1세대 요리 연구가 박필선 씨가 문 씨의 부모. 할아버지는 진해의 농민운동 지도자였다.

"일제강점기에 독립운동을 하다가 고문받은 후유증으로 할아버지가 돌아가셨다고 했습니다. 아버지도 사회주의에 관심이 많았고. 젊었을 때 아버지는 가톨릭 교리에 반해 신부가 되고 싶어 했다고 해요. 그래서 딸인 내게도 수녀가 되지 않겠느냐는 제안을 여러 번 하셨지요."

그런 가계인 까닭에 젊은 문성희에게는 빈민 운동, 노동운동 하는 친구가 많았다고 했다. 젊었을 때 자신의 집은 그 친구들을 위한 '아지트'였다. 하지만 직접 몸으로 '투쟁하는 이데올로기'는 좋아하지 않았다는 게 그의 고백이다. "(웃으며) 나는 주모였어요. 토론을 위한 아지트 제공하고, 시위 현장에 김밥 말아 나르고. 그런데 직접 참여는 꺼려지더라고. '좀 비겁하지 않나?' 하는 고민도 있었지만, 나와는 맞지 않았어요."

문성희의 정체성 반쪽에 부계의 이념 이데올로기가 있었다면, 오른쪽에는 일본 에가미(江上) 학원에서 유학했던 모계의 요리 DNA가 있었다.

"어머니는 부산의 유명한 요리 선생이었죠. 하숙정, 한정혜 선생과 같은 세대였어요. 일본 에가미 요리학원에서 함께 배웠다고 해요. 그분들은 서울에서 학원을 열었고, 어머니는 부산에 차리게 됐죠. 난 1남 4녀의 맏딸이었어요. 그러니 자연스럽게 요리 학원에서 어머니를 돕게 된 거예요."

아직 20대였던 딸 문성희는 그 덕분에 스포트라이트를 받았고, 새로운 주문과 요구가 쏟아졌다. 많은 여성 잡지가 스스로 매체임을 선언하며 변신하던 시절이었다. 요리에 대한 수요가 폭발적으로 늘어났고, 관련 레시피를 담은 화보 제작이 트렌드가 됐다. 요즘에야 흔하디흔한 요리가 되어 버렸지만, 돈가스, 비프스테이크, 바닷가재 요리 등이 처음 소개되던 때였다. 젊고 예쁜 요리 선생 문성희는 곧 스타가 됐다. 서울의

잡지 기자들이 그를 찾아 부산으로 내려와 화보 제작을
부탁했고, 연말이면 내년 가계부에 들어갈 요리 레시피를 도맡아
만들었다. 직접 시장을 찾아다니며 재료를 구하고, 자신이 직접
스타일리스트까지 겸해야 했던 1970~1980년대였지만, 젊음을
밑천 삼아 정신없이 일했다. 요즘처럼 요리를 하나의 예술로
대접하는 수준까지는 아니었지만, 그래도 최고의 인기를 누리던
시절이었다.

문제는 회의(懷疑)였다. 그렇게 10년 넘게 일하면서 마음
한구석이 계속 허전했다.

'에티오피아 아이들은 굶어 죽는다는데, 이렇게 화려한
요리들을 만들어도 되는 걸까? 이게 진정한 요리일까?'

그러던 이 부산의 젊은 요리 선생이 잡지《뿌리깊은 나무》의
칼럼을 읽게 된다. 자신이 신뢰하고 좋아하는 정기 구독
잡지였다. 그러다가 어느 구절에서 망치로 맞은 것 같은 느낌을
받았다.

"요즘 잘나간다는 요리 연구가들의 음식을 보고 있으면 먹는
걸 가지고 장난치고 있다는 느낌이 든다."

당시 부산 요리 학원의 수강생은 크게 두 부류였다.
경제적으로 남부러울 것 없는 주부들과 선원수첩이라도
따기 위해 달려든 절박한 사내들. 그러니, 여기에도 대척점이
있었다. 여기(餘技)로서 요리를 배우는 유한마담, 생존을 위해
자격증이 필요했던 사람들. 당시 항구도시 부산에서는 요리사

자격증을 따면 선원수첩을 줬다고 했다. 다들 가난했던 시절. 배운 것 없는 사람들이 밥벌이를 위한 최후의 수단으로 배를 타던 시절이었으니까. 그들에게 돈가스와 바닷가재 요리법을 가르치면서, 인기 요리 강사 문성희는 괴로웠다. 생계를 위해 배를 타는 사람에게 돈가스와 바닷가재라니.

## 부산 철마산 흙집에서 『월든』의 삶을 실천하다

보통 '내 인생을 바꾼 책'이라고 할 때, '내 인생을 바꾼'에 해당하는 부분은 대개 정신적인 영역을 말하는 경우가 일반적이다. 하지만 문성희에게 그 대목은 실제 물리적 조건을 의미했다. 『월든』을 읽고 그 저자 헨리 데이비드 소로처럼 호숫가 오두막 흙집으로 기어들어 가 자급자족의 삶을 따라 했으니까. 이 드라마 같은 삶을 위해서도 몇 가지 설명과 전제가 필요할 것이다.

서울 계성여고 재학 시절 그는 '도서관 소녀'였다. 숙명여중을 졸업하고 가톨릭 학교인 계성여고로 진학한 그는 명동성당 뒤편에 있던 학교 도서관을 사랑했다. 실제로 도서관 반원이기도 했지만, 그만큼 책이 좋았다. 수녀가 되기를 바랐던 아버지의 그늘서, 여고생 문성희는 헤르만 헤세와 스콧 니어링의 작품과 김종철의 《녹색평론》을 읽었다. 모르는 사람들은 문성희가 어느 날 갑자기 새로운 인생을 살게 된 것으로 오해하지만, 이미 씨앗은 수십 년 전부터 발화를 준비했던 것이다. 꽃이 갑자기 핀 것처럼 보이지만, 우리 모두 알다시피 꽃이 피기까지는 수많은 시간과 준비가 필요한 것.

1990년대 후반 자괴감에 빠져 있던 문성희가 『월든』을 읽은 것 역시 돌발적인 행동은 아니었을 것이다. 하버드 대학교를 나온 엘리트 소로가 월든 호숫가에 들어가 스스로 오두막집을 짓고 농사지으며 2년을 살았다는 이야기를 읽으며, 문성희는 그에게 자신을 겹쳐 놓았다.

'더는 이렇게 자신을 속이며 살 수는 없다.'

우선 부산 중심가에 있던 요리 학원을 시 변두리로 옮겼다. 그리고 10년 계획을 수립했다.

"환갑 무렵이 되면 모든 것에서 자유로워지고 싶다는 생각을 늘 하고 있었어요. 그런데 우리가 세상에서 맺어 놓은 인연들이 있잖아요. 그런 인연들은 갑자기 끊을 수가 없다고. 10년 정도는 차곡차곡 준비를 해야 한다고 생각했어요."

처음에는 부산 철마산 아래의 자그마한 산골 마을에서 시작했다. 주변과 동떨어진 산골짜기 오두막집으로 올라간 것은 몇 년의 적응 과정을 거친 뒤였다. 그러고는 생식을 시작했다. 산에서 기른 곡식과 채소, 약초를 직접 기계로 빻아 가루를 만들었다. 직접 먹었고, 내다 팔았다. 그 생식이 생계의 기반이 되었다. 생식은 좋은 반응을 얻었고, 그 가능성을 보고 오두막 흙집의 삶을 실천에 옮겼다.

200년 됐다는 오두막집. 실제로도 낭떠러지가 있었지만, 삶의 낭떠러지에 몰린 사람들이 몰려 살던 오지. 벽은 허물어져 내리고, 바닥의 흙을 반죽해서 대충 때웠던 집. 역사적으로는 18세기 후반 탄압받던 조선의 가톨릭 신자들이 숨어 살던 곳이라고 했다. 숫자로 옮기면 해발 500미터 정도의 높이. 숫자로 따지면 미미한 높이였지만, 지리산보다 설악산보다 깊은 산중으로 느껴졌다. 예전에 살던 아랫마을에서는 산길로 한 시간 정도를 걸어야 했다. 다 합치면 열한 가구가 있는 작은 마을. 화전민이 사는 곳 같은, 소박하다 못해 검박한 집이었다. 하지만 깊은 산 속에 있었고, 주변에는 작은 호수도 하나 있었다. 월든 호수 주변에 오두막집 직접 짓고 살았던 소로와 모든 것이 거의 같았다. 2000년대 초반의 일이었다.

"모든 것에서 자유로워지려면 자급자족을 해야 한다고 생가했어요. 요리 학원에 점점 염증을 느끼던 시절, 『월든』의 삶이 내게는 '딱'이라고 느껴졌죠. 직접 수도자로 살지 않아도 실천할 수 있는 수도의 삶이잖아요."

이때부터 본격적으로 자급자족의 삶이 시작됐다. 중학교 1학년이던 딸아이와 같이 햇볕에 곡식을 말렸다. 텃밭에서 채소를 키웠고, 지게를 지고 주변을 돌며 나무를 해 왔다. 땔감이었다. 물론 기름보일러가 설치된 방이 있었지만, 그는 직접 해 온 나무로 불을 피우는 삶을 좋아했다고 했다. 산의 겨울은 매웠다. 그가 들려준 산촌 생활의 아이디어 하나. '돌멩이

난로'다. 가스레인지에 돌멩이를 달군다. 작은 돌멩이는 1분, 큰 돌멩이는 2분. 그러면 어떤 난로 부럽지 않았다.

"이불 속에 묻어 놓으면 아침까지 따뜻했어요. 한 세 개 정도를 구석마다 박아 넣고 자는 거지. 산에서 살면, 자기 몸을 잘 달래는 방법을 알게 돼요. 무엇보다 몸이 중요해요. 몸이 굳으면 지속 가능한 삶은 불가능해요. 몸을 돌보는 게 가장 중요하다는 걸 깨달았던 시간이기도 하죠."

그는 자기 몸이 우선이라고 했다.

"내 생명을 돌보지 않고 타인의 생명을 말할 수는 없어요. 몸이나 근육을 억지로 활용하는 게 아닙니다. 우리 몸은 스스로 자기가 가장 편한 자세를 찾아냅니다. 대단한 노동은 아니지만, 웬만한 노동은 내가 직접 해요. 괴산에서도 톱질과 망치질은 직접 합니다. 인부들 도움받지 않아요. 등짐도 지고요. 그때 시작된 몸의 기억들이죠. 지금도 겨울에 얇은 내복 하나 입고도 괜찮아요. 더위도 별로 안 타요. 여름에도 선풍기, 에어컨이 필요 없습니다."


### 길에서 만나면 반가운 남편

3년 가까운 흙집의 삶을 뒤로하고 문성희는 다시 속세로 돌아왔다. 소로 역시 월든 호수 오두막의 삶을 평생 살았던 것은 아닌 것처럼. 이제 '고립'보다는 '공존'의 삶이 시작된 것이다.

결혼도 하지 않고 아이도 낳지 않았다면 '은거'의 삶을 누릴 수 있었겠지만, 그에게는 남편과 딸이 있었다. 마흔한 살에 딸을 얻게 된 사연도 극적이다.

"이 얘기를 하려면 좀 민망합니다. 결혼한 지는 25년이 넘었는데 그동안 남편과 함께 산 시간을 모두 합쳐도 1년도 안 될 거예요."

그는 "우리는 길에서 만나면 반가운 관계"라고 자신의 남편을 소개했다. 결혼한 지는 25년인데, 함께 산 기간이 1년이 채 안 된다니.

그의 남편은 한마디로 '자유로운 영혼'이라는 표현으로 요약할 수 있겠다.

남편과의 인연을 문성희는 이렇게 소개했다.

30대 중반. 요즘이야 이 나이에도 결혼 안 한 여성이 흔하디흔하지만, 그때만 해도 노처녀를 넘어 할머니 취급을 받던 때였다. 당시 요리 학원 원장으로 강연을 나갔는데, 그 강연 자리를 주선했던 후배가 한 남자를 소개했다. 특이한 사람이었다. 산에 산신령이 있듯, 강에는 강신령이 있는 법. 그 남자는 낙동강 강신령에게 들린 사람이었다. 낙동강을 소재로 한 노래만 100곡 넘게 만든 사람이었다.

"을숙도에서 태백까지 걷는다고 하더라고요. 강을 따라 걷는 도보 여행이었지. 그 사람에게는 인생의 목적처럼 느껴졌어요."

그때는 몇 마디 안 하고 그렇게 헤어졌는데, 얼마 뒤 그 사람에게서 편지가 왔다. 목적지인 태백의 황지샘에서 보내온 편지였다.

"황지샘 옆에 텐트를 치고 이 편지를 씁니다."

답장을 하려야 할 수도 없는, 주소 없는 편지. 그 편지를 받은 뒤 3년 만에 그를 다시 만났다. 남루한 옷에 기타 하나 둘러메고 방황하는 자유로운 영혼이었다.

"그 자리에서 그 남자가 「을숙도」라는 노래를 부르더라고요. 그 노래에 홀렸던 것 같아요. 뒤풀이까지 따라갔으니까. 전에는 없던 일이었어요."

그렇게 홀린 듯 결혼했고, 그와의 사이에 딸을 낳았다. 마흔하나가 되던 해였다. 하지만 그는 결혼 후에도, 아이를 낳은 후에도 여전히 자유로운 영혼이었고, 다시 방랑의 길로 나섰다.

문성희는 학창 시절 읽었던 헤르만 헤세의 『싯다르타』를 인용했다. 주지하다시피 싯다르타는 강에서 해탈한 성인. 강기슭에서 아사 상태가 되어 누워 있는데, 늙은 뱃사공이 싯다르타를 태워서 강 건너편으로 인도한다. 문성희는 이 일화를 들을 때마다, 강이 어떤 상징이라는 사실을 깨닫는다. 고행이자 해탈로서의 강. 결국 인생의 비밀은 강에 있다는 것.

"어렸을 때는 『싯다르타』에서 물리적 의미로서의 강만 생각했어요. 하지만 점점 깨달음의 강이라는 사실을 알게 된 거지. 딸아이는 스물세 살 때인가, 싯다르타의 의미는 깨달은 분이라는 것 같다는 이야기를 하더라고요. 나보다 빠른 거죠."

결혼을 하고 아이를 낳으면서, 문성희가 얻은 깨달음 중 하나는 이런 거다. 나를 바꾸기는 쉽지만 남을 바꾸기는 쉽지 않다는 것.

"마흔한 살에 딸을 낳아 보니까 '이 아이의 인생이 쉽지 않겠구나. 너무 힘들겠다.' 이런 생각이 드는 거예요. 게다가 철마산으로 들어가면서부터는 더욱 그 고민이 컸죠."

그래서 딸아이에 대해서는 미안함과 고마움이 동시에 있다고 했다. 『월든』의 삶을 선택한 것은 자신이라고 해도, 딸 처지에서는 자신의 선택이 아니지 않은가? 철마산에서, 아이는 자주 우울감을 토로했다. 하지만 나중에 아이를 서울에 보내고, 자기가 원하는 공부도 하게 하면서, 요즘은 치유가 많이 됐다고 한다. 모녀간의 소통도 훨씬 자유로워졌다.


작은 것 하나라도 직접 하라

현대사회에서 『월든』의 삶을 실천한 인물은 그리 많지 않을 것이다. 문성희의 시선으로 볼 때, 『월든』의 삶을 실천하는 데 전제 조건이 있다. 그것은 바로 자급자족의 삶. 여기에는 어찌 보면 지극한 이기주의가 포함되어 있다.

"'내 생명을 돌보지 않고 어찌 타인의 생명을 말할 수 있는 것인가?' 하는 깨달음이 있었어요. 내가 공부를 많이 해서 대안을 갖고 있는 건 아니지만, 그런 고민 속에서 명상도 만나게 됐고,

영성 공부도 했죠. 내가 변하면 세계가 변할 수 있다는 확신. 내 생명을 돌보지 않고 타인의 생명을 말할 수 있나 생각했어요."

하지만 대부분은 문성희처럼 살기 어렵다. 그에게 물었다. 실천 방식으로는 어느 정도 할 수 있는 일일까?

"자유로우려면 독립심이 있어야 합니다. 내게 찾아오는 사람들은 어떤 갈증 때문에 찾아오는 거예요. 사람들이 찾아와서 함께 음식을 만들면서, 행복하다고 그래요. 일주일에 한 번씩 와도 행복하다는 겁니다. 이런 이야기를 반복적으로 들으면, 그런 생각을 하게 되죠. '아, 정말 우리가 어떤 한계에 와 있구나.'"

현대사회에서 문성희의 실천은 가령 이런 것이다. 직접 바느질해서 옷을 입고, 될 수 있으면 세탁기를 쓰지 않는 것. 폭폭 삶아서 방망이를 두들겨 빨래를 한다. 또 하나 고기를 먹지 않는 것. 그러면 냉장고가 필요 없거나 아주 작은 것만으로도 삶을 누릴 수 있게 된다. 아이를 키우는 엄마 시절에는 어쩔 수 없이 냉장고를 썼지만 말이다.

"제일 먼저 책을 버렸고, 그다음에 그릇을 버렸어요. 어쩌면 허위의식을 버리는 거죠. 도시에서 산다는 것은 위로가 필요한데, 어떤 사람들은 문학을 읽으면서 자신을 정화하기도 하고, 어떤 사람들은 실천은 못 하지만, 그렇게 일주일에 한 번씩 와서 이런 『월든』의 삶을 경험하면서 자신을 위로하죠."

그는 괴산과 파주로 자신을 찾아오는 사람들이 "엄청나게 많이 먹는다."라고 했다. "어제 오전에는 죽을 먹고, 오후에는

무하고 구기자 넣고 끓인 국을 먹었어요. 배춧잎, 치커리, 된장에 소스 버무려 드레싱 샐러드. 심플. 그렇게 맛있다고 하네요. 그러면서도 행복하대요. 희한한 일이죠."

지속 가능한 행복을 위해서 그는 이런 질문을 내놓았다.

"자연과 함께 산다면 물론 행복한데, 이 행복은 과연 끝까지 계속될 수 있을 것인가?"

그러면서 도시에서의 자급자족에 대한 대안을 제시했다.

"일단은 핑계 대지 말라고 합니다. '할 수 있는 건 지금 당장 해라. 두려움을 실패의 거울로 삼지 마라. 미래의 불확실성에 대해 두려움을 갖지 마라. 작은 것 하나라도 직접 해라. 그러면 그게 모여 내일이 된다. 60년을 살고 보니 그렇더라!'"

힐링과 자연 요리도 트렌드가 되어 버린 세상이다. 그런 것조차 유행으로 되어 버린 세상에서, 세상이 문성희를 바라보는 시선에 대한 두려움은 없는가?

"세상에 대한 불만은 없어요. 밖으로는 불만 잘 안 갖는 성격입니다. 나를 바꾸는 건 가능해도, 남을 바꾸는 건 불가능하죠. 내면의 힘을 키운다는 주장을 신뢰합니다. 그렇게 60년을 살다 보니, 나만의 힘을 조금씩 느끼게 돼요. 혼란과 시행착오를 거쳐 지금의 내가 있습니다. 사실 먼저 산 선배로서 해 주고 싶은 이야기는, 내면의 힘을 키우라는 거예요. 이분법적으로 자연은 저기 있고 나는 여기 있다고 나누지 마세요. 내면의 힘을 키운다는 건, 존재에 대한 깨달음이에요.

'내 생명이 얼마나 고귀한데, 맨날 이렇게 우울해하고 고민하며 살아야 할 것인가?' 이렇게 살려고 이 세상에 내려온 건 아니잖아요."

그 경지까지 이르면 신앙일 것이다. 하지만 결국 자신이 바꿀 수 있는 것은 자기밖에 없다는 것, 하지만 결국 그것밖에 답이 없다는 것도 사실일 것이다.

## 움베르토 에코

1932년 이탈리아 알레산드리아 출생. 기호학자, 미학자, 언어학자, 철학자, 소설가, 역사학자이다. 볼로냐 대학교의 교수로 재직했으며, 기호학뿐만 아니라 건축학과 미학도 강의했다. 본격 추리소설 『장미의 이름』으로 전 세계 지식인들의 찬사를 받았으며, 기호학자의 면모를 유감없이 보여준 『푸코의 진자』는 독자들의 찬사와 교황청의 비난을 한 몸에 받으며 커다란 반향을 일으켰다. 그 외의 작품으로는 『전날의 섬』, 『바우돌리노』, 『로아나 여왕의 신비한 불꽃』, 『프라하의 묘지』 등이 있으며, 2016년 암 투병 중 별세했다.

## 정유정

1966년 전남 함평 출생. 대학 시절에는 국문과 친구들의 소설 숙제를 대신 써 주면서 창작에 대한 갈증을 달랬고, 직장에 다닐 때는 '감각'을 잃지 않기 위해 홀로 무수히 쓰고 버리는 고독한 시절을 보내기도 했다. 2007년 『내 인생의 스프링 캠프』로 제1회 세계청소년문학상을 받아 문단의 주목을 받기 시작했다. 2009년 『내 심장을 쏴라』로 제5회 세계문학상을 받는 영예를 안았다. 주요 작품으로 『열한 살 정은이』, 『이별보다 슬픈 약속』, 『마법의 시간』, 『7년의 밤』, 『28』, 『정유정의 히말라야 환상방황』, 『종의 기원』 등이 있다.

## 조너선 프랜즌

1959년 미국 일리노이 주 출생. 1988년 데뷔작 『스물일곱 번째
도시』로 와이팅 작가상을 받았다. 1992년 두 번째 장편소설
『강진동』을 출간했으며 1996년 권위 있는 문예지 《그랜타》에서
발표한 '미국 문단을 이끌 최고의 젊은 작가 20인', 1999년
《더 뉴요커》에서 발표한 '40세 미만 최고의 젊은 작가 20인'에
선정되었다. 2001년 세 번째 장편소설 『인생 수정』으로
전미 도서상을 받았으며, 그 외의 작품으로 『자유』, 『퓨리티』
등이 있다.

## 김영하

1968년 강원도 화천 출생. 연세대학교 경영학과에 입학하여
경영학 학사와 석사를 취득하였다. 1995년 「거울에 대한 명상」을
계간 《리뷰》에 발표하며 작품 활동을 시작하였고 1996년
『나는 나를 파괴할 권리가 있다』로 제1회 문학동네작가상을 받았다.
2004년 한 해 동안에는 『검은 꽃』으로 동인문학상,
『오빠가 돌아왔다』로 이산문학상, 「보물선」으로 황순원문학상을
받았다. 2012년 『옥수수와 나』로 제36회 이상문학상을 받았으며,
그 외에 『빛의 제국』, 『퀴즈쇼』 등의 작품이 있다.

## 김중혁

1971년 경북 김천 출생. 계명대학교 국문과를 졸업했다.
2000년 《문학과사회》에 중편소설 「펭귄뉴스」를 발표하며 작품
활동을 시작했다. 작품으로는 소설집 『펭귄뉴스』, 『악기들의 도서관』,
『1F/B1 일층, 지하 일층』, 『가짜 팔로 하는 포옹』, 장편소설

『좀비들』, 『미스터 모노레일』, 『당신의 그림자는 월요일』, 『나는 농담이다』, 산문집 『뭐라도 되겠지』, 『모든 게 노래』, 『메이드 인 공장』, 『대책 없이 해피엔딩』(공저), 『우리가 사랑한 소설들』(공저)이 있다. 2008년 「엇박자 D」로 김유정문학상을, 2010년 「1F/B1」으로 제1회 젊은작가상 대상을, 2012년 「요요」로 이효석문학상을 받았다.

## 김대우

1962년 서울 출생. 한국외국어대학교 이탈리아어과를 졸업하고, 프랑스와 이탈리아에서 수학한 후 시나리오 작가로 활동했다. 1991년 영화진흥위원회 시나리오 공모에 입상하면서 시작된 그의 영화 인생은 「음란서생」으로 제2의 전환점을 맞이한다. 2010년에는 「방자전」을, 2014년에는 「인간중독」을 감독했다. 2006년 제42회 백상예술대상 영화부문 신인 감독상을 받았다.

## 은희경

1959년 전북 고창 출생. 숙명여자대학교 국어국문학과와 연세대학교 대학원 국어국문학과를 졸업했다. 1995년 《동아일보》 신춘문예 중편소설 부문에 「이중주」가 당선되면서 등단했고, 같은 해 첫 장편소설 『새의 선물』로 제1회 문학동네소설상을 받으면서 작가로서 자신의 이름을 알렸다. 1997년에는 첫 소설집 『타인에게 말걸기』로 동서문학상을, 1998년에는 『아내의 상자』로 이상문학상을 받았다. 그 후 한국소설문학상, 한국일보문학상, 이산문학상, 동인문학상 등을 받으며 문학성을 인정받았다. 최근 작품으로는 『소년을 위로해줘』, 『태연한 인생』, 『다른 모든 눈송이와 아주 비슷하게 생긴 단 하나의 눈송이』 등이 있다.

## 송호근

1956년 경북 출생. 서울대학교 사회학과를 졸업하고 동 대학원에서 석사 과정을 마쳤다. 1984년 미국 하버드 대학교에서 수학하였으며 1989년 박사 학위를 받았다. 귀국 직후부터 춘천 한림대학교에서 조교수와 부교수로 재임하였고, 1994년 서울대학교 사회학과에 조교수로 임용되어 학과장과 사회발전연구소 소장, 1998년 스탠퍼드 대학교 방문 교수, 2005년 캘리포니아 대학교 샌디에이고 초빙 교수를 역임하였으며, 현재 서울대학교 사회학과 교수로 재직 중이다. 저서로는 『또 하나의 기적을 향한 짧은 시련』, 『의사들도 할말 있었다』, 『한국, 무슨 일이 일어나고 있나』, 『시장과 복지정치』, 『정치없는 정치 시대』, 『한국, 어떤 미래를 선택할 것인가』, 『독 안에서 별을 헤다』, 『인민의 탄생』, 『나타샤와 자작나무』, 『이분법 사회를 넘어서』, 『그들은 소리 내 울지 않는다』, 『시민의 탄생』, 『나는 시민인가』 등이 있으며, 엮은 책으로는 『세계화와 사회 정책의 변화』, 『세계화와 복지국가』 등이 있다.

## 안은미

1962년 경북 영주 출생. 이화여자대학교와 동 대학원을 졸업한 뒤 뉴욕 대학교 산하의 티시 예술대학을 졸업했다. 서울 올림픽 개막식 리허설 디렉터와 대구시립무용단의 예술감독을 지냈다. 1999년에는 맨해튼 예술재단 안무가상을, 2002년에는 뉴욕 예술재단이 선정하는 '아티스트 펠로십'을, 2005년에는 한국 현대무용 반세기 '뮤지움' 이사도라상을 받았다.

문성희

1950년 부산 출생. 20여 년간 요리 학원 원장으로 살다가 이후 들뫼자연음식연구소를 만들고 본격적으로 자연 음식 연구가로 활동해 왔다. 현재는 괴산의 생태 공동체 '미루마을'에 터를 잡고 '평화가 깃든 밥상' 학교를 운영하고 있다.

## 탐독
10인의 예술가와 학자가 이야기하는, 운명을 바꾼 책

1판 1쇄 펴냄 2016년 4월 29일
1판 3쇄 펴냄 2016년 10월 12일

지은이 어수웅
사진 최순호
발행인 박근섭, 박상준
펴낸곳 (주)민음사

출판등록 1966. 5. 19. (제16-490호)
주소 서울특별시 강남구 도산대로1길 62 강남출판문화센터 5층 (06027)
대표전화 515-2000 팩시밀리 515-2007
홈페이지 www.minumsa.com

ISBN 978-89-374-3283-5 (03800)

이 책은 방일영 문화재단의 지원을 받아 저술, 출판되었습니다.